Herbert Heinrich Beckmann • Es sind Kinder

Herbert Heinrich Beckmann

Es sind Kinder

Roman

Mirabilis Verlag

Sinnesart und Neigungen der Elfen zeigen eine eigentümliche Mischung von gut und böse, List und Aufrichtigkeit, die sich vollkommen aus der Mischung zweier ursprünglich entgegengesetzter Eigenschaften erklärt.

Brüder Grimm

Erster Teil

1

Tine stand am Heckgeländer des Oberdecks und blickte zurück. Das Schiff hatte eine breite Wunde in die glatte graue Seehaut geschnitten, die sich bis zum Horizont nicht schloss. Die helle Masse des Festlands war jetzt vollständig im Meer versunken, die Trennlinie zwischen der grauen Wolkendecke, die den Himmel verhängte, und bleifarbener See erschien ihr flirrend und diffus.

Irgendwie ängstigte sie das.

Das Meer war ein gefräßiges Monster. Und Kiirsi, die Insel, die das Fährschiff nun ansteuerte, lag mit dem Schiff Stunden vom Festland und sogar von der nächsten Nachbarinsel entfernt.

Stefans Idee. Als Ingenieur war er sonst äußerst pragmatisch und bequem veranlagt, aber im Urlaub suchte er das Schwierige, Entlegene, vermeintlich Abenteuerliche. Zwei Wochen auf einer von zweitausend meist namenlosen baltischen Inseln, in einem Ferienhaus, dessen Fassade auf der Seite von Travel Pursuit an die Villa Kunterbunt erinnerte, aber von innen nur den Blick durch schlierendes Glas hinaus aufs Meer gestattete …

Der Tipp kam von Hanna.

Tine fröstelte und musste husten, weil das Schiff leicht beidrehte und der Fahrtwind den schwarzen Qualm des mächtigen Schornsteins ungebremst hinunterdrückte. Er drang ihr beißend in die Lungen. Erst als sie sich umdrehte, um die schmale, steile Eisentreppe hinunterzusteigen, fiel ihr auf, dass sie beinahe die einzig Verbliebene an Deck war; von den anderen Fahrgästen, die sich mit ihr das Ablegemanöver der Fähre angesehen hatten, waren fast alle wieder im Bauch des Schiffs verschwunden, einem haushohen, offenbar Jahrzehnte alten Dampfer mit dem Charme rostigen Stahls, der sich schwerfällig wie ein kranker alter Wal durch die träge graue Wassermasse schleppte.

Nur weit vorne am Bug des Decks sah sie noch zwei kleine Gestalten in haargenau gleichen, hagebuttenroten Regenjacken, die ihnen bis zu den Kniekehlen reichten und deren viel zu große Kapuzen sie sich über den Kopf gezogen hatten. Seltsam reglos standen diese Kinder dort, den Rücken ihr zugewandt, und lugten über die Reling. Offenbar waren sie schon jetzt, kurz nach der Abfahrt vom Festland, in sehnsüchtiger Erwartung der Insel, deren Küstenlinie noch stundenlang nicht zu sehen sein würde.

Diese Kinder waren anscheinend allein an Deck, und Tine fragte sich, wo wohl die Eltern steckten.

Während sie vorsichtig die sturzträchtige Eisentreppe hinunterstieg, eilten ihre Gedanken voraus zu Leon. Wenn Stefan sich Mühe gegeben hatte, spielte er vielleicht noch ein wenig mit dem Kleinen. Wenn nicht, schlief Leon bereits, und nach dem Aufwachen würden sie bis zum späten Abend keine Ruhe haben und ihn beschäftigen müssen.

Sie würde es tun müssen. Trotz der tiefen Erschöpfung, die sie fühlte.

2

Stefan hatte eine Hand sachte auf den wehrlosen Bauch des Jungen gelegt, der auf dem breiten Sitz neben ihm schlief, während er mit der anderen sein Smartphone bediente, um Hanna zu erreichen. Das heißt, eigentlich wollte er nur testen, ob sie noch ein Netz hatten, und Hanna hatte sicher nichts dagegen, wenn sie es war, die er versuchsweise anrief. Außerdem interessierte ihn natürlich, was der Auftrag machte, ob es ein Angebot für seinen Relaunch gab. Immerhin hing davon vermutlich ab, ob er in einem halben Jahr arbeitslos war – oder plötzlich reich. Sofern Hanna mitspielte. Er hatte sich kaum zurückhalten können, den Laptop mit der letzten Version in den Urlaub mitzunehmen. Aber das Risiko von Diebstahl und Verlust war ihm zu groß erschienen.

Er erreichte Hanna nicht, kein Netz. Seltsam, dabei warb die Region doch damit, dass selbst das Meer hier oben netzaffin sei.

Er hob den Kopf und blickte um sich. Die längliche Sitzbank, die sie gekapert hatten, und der kleine quadratische Tisch davor befanden sich gegenüber den Panoramafenstern. Die übrigen Sitze verteilten sich recht unkonventionell, wie Bakterien unterm Reagenzglas, im Raum dazwischen. Zwei Dutzend Fahrgäste, hauptsächlich Ältere jenseits der Fünfzig, kein einziges Kind (obwohl die Luft nach voller Babywindel roch).

Der Junge war eingeschlafen, kaum dass seine Mutter aus dem Raum geschwebt war. Tine musste sich ja unbedingt draußen an Deck den frischen Qualm des Schiffsschornsteins um die Nase wehen lassen; dafür würde der Fahrtwind schon sorgen. Sie wollte, dass er Leon wachhielt, aber da es keine anderen Kinder gab und Stefan nicht gerade »Hurra, jetzt spielen wir!« (was auch immer) geschrien hatte, und obwohl die im Raum verbliebenen Fahrgäste (die meisten) parallel zum Ablegemanöver wie ferngesteuert angefangen hatten, aufeinander einzureden, in allen möglichen regionalen Sprachen und Dialekten, Estnisch, Lettisch, Finnisch, Russisch, Schwedisch ..., war Leon eben eingeschlafen.

Stefan warf einen Blick auf seinen Zwei-, bald schon Dreijährigen, ließ die Hand auf Leons Bauch, der sich sanft hob und senkte, ein – aus, ein – aus ... Die stillen Gezeiten seines kindlichen Atmens waren für Stefan noch immer ein Wunder, dieser perfekt funktionierende Organismus, alles griff wie geschmiert ineinander, entwickelte und formte sich jederzeit neu, passte sich fließend der Umgebung an, wann immer es nötig wurde. Einmal, Leon war noch ganz klein gewesen, ein paar Wochen alt, hatte Stefan etwas in der Art gegenüber Tine geäußert. Mit dem Ergebnis, dass sie ihn einen »typischen Homo faber« genannt hatte, der sogar sein eigenes Kind als eine gut geölte Maschine ansah.

Er wusste, dass sie unrecht hatte, dass der Vorwurf ungerecht und vergiftet war. Aber ihm hatten die Worte gefehlt, um ihr etwas zu entgegnen, sprachlos wie er war, wütend und ... schlicht genervt von Tine, die daraufhin demonstrativ »Homo faber«, den Roman, las. Angeblich, weil sie ihn gern mal ins Englische übersetzen würde. Als wäre das nicht schon tausend überflüssige Male geschehen.

Er betrachtete den Jungen, sein blasses Gesicht, die zarten grauen Schatten unter den geschlossenen Augen, wie Schatten von Schatten, die seidigen brünetten Haare, den gleichmäßig sich hebenden und senkenden kleinen Brustkorb, ein – aus, ein – aus ... Aber vielleicht sollte er Leon besser wecken, jedenfalls bevor Tine zurückkam? Es gibt Nächte, hatte sie einmal zu Stefan gesagt, wenn du nicht da bist, ar-bei-ten-was-sonst, da könnte ich das Kind gegen die Wand klatschen, weil ich einfach nicht mehr kann.

Leon war ein lebhaftes Kind, neugierig. Und sie sollten sich darüber freuen, hatte er Tine geantwortet. Dankbar sollten sie sein, statt sich zu beklagen, dass der Kleine an manchen Tagen das Letzte aus seinen Eltern herausholte, so dass sie todmüde ins Bett fielen. Aus dir holt er wirklich nur das Letzte heraus, hatte sie kalt gekontert. Das *Beste* hat nämlich immer schon Hanna von dir bekommen. So sei das.

Wie er das *hasste*, wenn sie so redete, nichts als Gift und Galle. Blieb zu hoffen, dass Tine aus den zwei Wochen Urlaub auf Kiirsi, das sie nun ansteuerten, kein Armageddon machte. Mit Leon als Schlachtopfer.

Stefan sah, über die kaum bewegten Köpfe der anderen Fahrgäste hinweg und an einem signifikant hervorstechenden Paar Brüste unter einem kirschroten Kleid vorbei, zum Fenster hin. Himmel und Meer waren dahinter zu einer endlos grauen, formlosen Masse, einer Art Ursuppe der Erdgeschichte verschmolzen. Der alte Pott, mit dem sie fuhren, gab seit dem Ablegen einen ruhigen, tuckernden Brummton von sich, der seinen Teil dazu beigetragen haben mochte, dass Leon eingeschlafen war.

Er aktivierte noch einmal Hannas Nummer ... nein, kein Durchkommen, kein Netz, wirklich ärgerlich.

Er dachte an Tine oben an Deck, legte das Smartphone neben sich und weckte Leon, indem er sanft mit der flachen Hand auf seinem Bauch hin und her rüttelte.

»Leon, he.« Er rüttelte stärker, als der Junge davon nicht wach wurde. »Aufwachen, Bärchen.«

Leon schlug die Augen auf, Tines flackernde, mattschwarze Bildschirmaugen. Im nächsten Moment begann der Junge zu weinen. Schrie auf einmal wie am Spieß.

3

Tine wählte den hinteren Eingang zum Fahrgastraum und hatte gleich Stefans Hinterkopf mit den dünnen braunen Haaren und die athletische Schulterpartie im Blick. Auf der Sitzbank sah sie den Jungen auf dem Rücken liegen, alle viere ausgestreckt, wie nur Kinder schlafen können, das blaue Schlumpf-T-Shirt bis zum Bauchnabel hochgerutscht.

Stefan legte soeben sein Telefon neben sich auf den Sitz, mit erogenem Kontakt zu seinem Oberschenkel, damit er den Summton auch spürte. Falls Hanna, wie Tine doch annahm, zurückrief. Mit der anderen Hand mühte er sich, Leon wachzurütteln, der ihm praktischerweise eingeschlafen war. Sicher, um ihr vorzugaukeln, dass er sich die ganze Zeit mit dem Kleinen beschäftigt habe.

In dem Gefühl, als stecke etwas Hartes, Festes wie ein Tennisball unter ihrem Brustbein, ging Tine weiter auf die Sitzbank zu, wo sie ihr Lager aufgeschlagen hatten, markiert durch Rucksäcke und Taschen und eine Großpackung Reservewindeln. Sie ahnte, dass der Ärger über Stefan, der schon wieder in ihr hochkochte, ihr Gesicht abstoßend und hässlich aussehen ließ. Wie die Hexe im Märchen. Sie befand sich bereits zwei Schritte hinter Stefans Rücken und sah ihrem wachgerüttelten Jungen ins erblühende Gesicht. Leon schlug die Augen auf, erkannte Tine – und fing an zu schreien.

Der Impuls wegzurennen, einfach umdrehen und fort, durchzuckte ihren Körper.

Stefan fuhr den Kopf wie einen Baukran auf seinen Schultern herum und sah genervt zu ihr auf. In den Winkeln seiner bernsteinbraunen Augen lauerte sichtbar das schlechte Gewissen.

Tine schob sich an ihm vorbei und beugte sich zu Leon herab, der sich halb erhoben hatte und noch immer schrie, als wäre er aus einem Alptraum erwacht.

Oder *in* einem Alptraum.

Obwohl Tine nicht zur Seite schaute, spürte sie doch die missbilligenden Blicke der anderen Fahrgäste, die sich durch den plötzlichen Lärm gestört fühlten.

Stefan hob die Brauen und schüttelte den Kopf wie unter Parkinson. »Keine Ahnung, was mit ihm los ist. Vorhin hat er noch ...«

»Geschlafen. Richtig.« Sie riss sich zusammen und wollte jetzt keine große Sache daraus machen. Schlang tröstend ihre Arme um Leon, der sofort aufhörte zu weinen. Sie hob ihn an (Gott, wie *leicht* er war, so zerbrechlich), setzte sich neben ihn und hievte ihn sich auf ihren Schoß, alles in einer einzigen fließenden Bewegung. Sie blickte mit leicht vorgeschobenem Kinn in die Runde. Niemand schaute zurück, die Leute waren bereits wieder mit sich beschäftigt, traktierten mit verbiesterten Gesichtern ihre Handys, die offenbar nicht gehorchten, einige der Älteren lasen große schlaffe Hefte, die wie tote Hasen die Ohren hängen ließen, andere begannen, Brote und Eier auszupacken.

Tine merkte, dass Stefan sie fixierte und wandte sich ihm zu, während Leon sein kleines Gesicht heiß an ihre Brust drückte, so fest, dass es fast schon wehtat. Stefan arbeitete weiter an seinem Ausdruck blütenweißer Unschuld, er weitete die Augen wie eine Mangafigur, zog die Schultern hoch, so dass sein hübsches braunes Männergesicht einen fast blöden Ausdruck bekam.

»Weißt du, ich habe ihn nur kurz hingelegt, um zu schauen, ob wir ein Netz auf dem Schiff haben ...«

»Ein Netz?«

»Ja.« Sein Gesicht nahm einen trotzigen Ausdruck an.

»Wozu?«

»*Wozu*? Tine ...« Er keckerte gequält und machte eine ausladende Bewegung mit der Hand. »Es ist verdammt noch mal nützlich, ein Netz zu haben. Einfach praktisch.«

»Und?«

»Was, und?«

»Hanna erreicht?«

Ihm blieb für Sekunden die Luft weg. Wie der ertappte Schurke im Film, dachte sie.

»Tine, was hat das mit Hanna zu tun?«

Das frage ich dich. Sie stieß den Atem heftig durch die Nase aus und sah ihn an. »Kein Netz also?«

»Nein.« Er schmollte angemessen und strich dann in einer plötzlichen Bewegung mit der Hand über Leons Haar, verwuschelte es und zwängte ein dünnes Lachen durch die Lippen. Leon nahm schlaftrunken Stefans Hand und hielt sie an seiner Schläfe fest. Und Stefans Blick schien plötzlich verwandelt, geradezu ... verklärt.

Die Szene verriet ein solches Ausmaß natürlichen Einverständnisses zwischen den beiden, dass Tine plötzlich tief beschämt war.

Sie musste sich kaum noch zu einem Lächeln zwingen, als sie ihre Hand auf Stefans Arm legte. Eine Welle unerwartet heftigen Verlangens wallte plötzlich durch ihren Körper, als sie seine warme Haut unter dem dünnen rosa Hemd spürte.

Leon blieb still an ihrer Brust. Seltsam, dachte sie, während sie die feuchte Stelle ihrer Bluse spürte, an der Leon mit halb geöffnetem Mund gesabbert hatte, sonst will er doch immer gleich herumtoben, wenn's ihm gut geht.

Stefan und Tine rochen es dann beide gleichzeitig und sahen sich grinsend an.

Stefan rümpfte gespielt die Nase und lachte frei heraus.

Tine sah ihn streng an. »Gehst *du* mit ihm?« Die Schärfe im Ton ihrer Frage war nicht gewollt, sie war einfach *da*.

Die Stimmung war bereits wieder kaputt.

Stefan nickte ohne jeden Ausdruck im Gesicht, nahm ihr steif, wie jemand vom Jugendamt, Leon aus den Armen und griff mit der freien Hand nach der Packung mit den Windeln.

»Komm, Bärchen, Windeln wechseln.«

Leon watschelte mit schwerem Hinterteil gefügig an Stefans Hand, der mit ihm zügig den Toilettenräumen zustrebte, wo es eine Möglichkeit zum Wickeln gab, wenn man den Hinweisschildern glaubte.

Sie wartete, bis die beiden außer Sichtweite waren, und zögerte auch dann noch, nach Stefans Smartphone zu greifen, das jetzt herrenlos auf dem Sitz lag.

Doch sie konnte nicht widerstehen. Das Display zeigte als Hintergrund ein Foto von ihr und Leon, wie sie stolz neben einem kleinen, kniehohen Schneemann standen, aufgenommen letzten Winter im Park.

Sie drückte die Telefon-App, und Hannas Name und Telefonnummer sprangen ihr frech ins Gesicht.

Ein Tinnituston begann in ihrem Kopf zu sirren.

4

Stefan platzierte den frisch gewindelten Leon direkt neben Tine und wuschelte ihm durchs dünne, seidige Haar.

»Werde mal ein bisschen das Deck erkunden. Okay für dich?«

Tine zuckte die Achseln und sah mit versteinerter Miene zu, wie er hastig sein Telefon vom Sitz fischte und einsteckte. Er versuchte, jeden Ausdruck aus seinem Gesicht zu verbannen, als er sie ansah und wortlos ging.

Er nahm den vorderen Ausgang und stieg die Treppe zu dem Teil des Oberdecks hoch, der vor dem Schornstein lag. Es war kühl, daher war er wohl der einzige Fahrgast hier oben, aber die frische Salzluft tat ihm gut. Er nahm das Smartphone und stellte fest, dass er jetzt ein Netz bekam. Er drückte Hannas Nummer.

»Raiko Anklam, hallo?«

»Raiko?« Stefan war so überrascht, dass er vergaß, seinen eigenen Namen zu nennen. Worauf ihn der andere jetzt aufmerksam machte.

Doch Stefans Name schien diesem Raiko nichts zu sagen. »Was kann ich für Sie tun, Herr Brodersen?«

»Was sind Sie, Raiko, ein neuer Praktikant?«

Raiko lachte. »Ich nehme an, Sie wollen Hanna sprechen.«

»Ja, klar will ich Hanna sprechen. Ich bin ... Herrgott, Stefan *Brodersen*, Hannas ... *Partner*!« Mehr musste er ja wohl nicht sagen.

»Okay. Sie ist aber nicht da.« Raikos Stimme klang nicht im Mindesten beeindruckt.

»Und können Sie mir sagen, Raiko, wo sie sich jetzt befindet?« Stefan hatte maximales Genervtsein in den Singsang seiner Stimme gelegt, um den Burschen endlich in Schwung zu bringen.

»Nein, keine Ahnung. Ich arbeite nur so lange an Hannas Platz, bis ich meinen eigenen Rechner habe.«

»Eigenen Rechner? Wissen Sie, für Praktikanten gibt es zwei Rechner in dem kleinen Raum vorne rechts neben dem Eingang.« Der Abstellkammer, wie Hanna mitunter lästerte. Altes Schandmaul.

»Ich weiß, ich weiß.« Jetzt klang Raiko genervt. »Aber ich bin ja kein Praktikant.«

»Sondern?« Ein saurer Geschmack stieg von tief unten in Stefans Kehle auf.

»Neuer Mitarbeiter.«

»Aha. Wusste ich nicht.« Kein Wort dazu von Hanna, ehe er in Urlaub gefahren war. »Und was ... woran werden Sie arbeiten, Raiko?«

»– – –«

»Raiko?«

»Reden Sie mit Hanna –, Stefan. Ich muss jetzt arbeiten. Bye.«

Stefan starrte fassungslos auf sein Telefon in der hohlen Hand. Der Bursche hatte einfach aufgelegt. Und er war nicht irgendein Praktikant. Sondern Stefans neuer Kollege, wie es aussah. Aber ein Kollege mit welchem Aufgabenbereich?

Alarmstimmung machte sich in ihm breit. Am liebsten hätte er gleich wieder bei Hanna angerufen. Er beschloss, ihr eine SMS zu schicken. Fand aber selbst nach drei gelöschten Anfängen nicht den täuschend lockeren Ton, um sie wie nebenbei danach zu fragen, wer denn dieser schon am Telefon arrogante neue Kollege Anklam sei, warum sie ihm nichts von einer Neueinstellung gesagt habe und vor allem, woran um Himmels willen der gute Raiko denn arbeiten solle, da doch kein neues Projekt in Sicht sei. Abgesehen von seinem eigenen, ParOp, an dessen Kalibrierung er in den kommenden Monaten noch zu arbeiten hatte. Sein optimiertes Akustikmodul würde es den Ärzten endlich perfekt ermöglichen, das Hörvermögen noch während der laufenden Operation zu testen, so dass Nachkorrekturen direkt im OP möglich waren. Sofern Stefan am Ende erfolgreich war.

Raiko. Das gefiel ihm nicht.

Er stieg die Treppe wieder hinunter und sah, wie Tine Leon dabei half, Bauklötze zu stapeln. Sie hatte sich nach vorn gebeugt, ihr braunes Haar war ihr in die Stirn gerutscht, und er spürte plötzlich den starken Drang, in ihren jetzt freigelegten dünnen Nacken zu beißen wie in eine weiße, weichhäutige Frucht: tief und fest.

Er setzte sich neben Tine, und ohne dass sie den Blick von Leons Baumeisterversuchen nahm, legte sie plötzlich ihre feingliedrige lange Hand in seine.

Er sah sie überrascht an.

»Kalt.«

War, was ihm dazu einfiel.

Sie entzog ihm wortlos ihre Hand wieder, es hätte ihn nicht gewundert, wenn sie als Faust in sein Gesicht zurückgeschnellt wäre. In dem Moment klingelte Tines Smartphone, das auf dem Tisch lag.

Sie griff danach mit der unterdrückten Faust, schaute aufs Display und sah Stefan an, ohne den Anruf schon anzunehmen.

»Es ist Dirk.«

»Dirk.« Wer sonst. Er hob nur leicht das Kinn. Selbst das verursachte ein Ziehen in seinem Nacken.

Tine stand auf, griff mit der freien Hand ihre leichte rosafarbene Jacke und signalisierte Stefan mit den Augen, er solle sich nun wieder um Leon kümmern.

Der Junge sah seiner Mutter ausdruckslos hinterher. Erst nach ein paar Schritten, bereits außer Hörweite, nahm sie den Anruf an, wie es aussah.

Nachdem Tine mit dem Telefon am sicher begierig lauschenden Ohr nach draußen verschwunden war, fuhr Stefan mit dem ganzen Körper herum und stieß dabei versehentlich mit dem Knie Leons kleinen Turm aus Holzbauklötzen um. Der Kleine schob die zitternde Unterlippe vor und begann zu weinen.

Stefan näherte sich seinem Gesicht bis auf wenige Zentimeter. »Halt. Den. Mund, Leon.«

Der Junge verstummte erschrocken.

Stefan fuhr sich plötzlich wild durchs Haar und legte einen Arm um Leons zuckenden kleinen Körper. »Entschuldige, Bärchen. Tut mir leid.« Er küsste ihn flüchtig auf die Stirn, der Junge blieb steif. »Na komm, Bärchen, wir bauen deinen Turm neu auf.« Stefan legte den ersten Bauklotz so feierlich, als wäre er der Grundstein für eine Kathedrale.

5

Tine kehrte erst nach einer halben Stunde zurück in den Fahrgastraum, obwohl sie draußen an Deck kaum eine Minute lang telefoniert hatte.

Es war nicht Dirk gewesen. Das hatte sie nur behauptet. Herrgott, sie gab sich doch nun wirklich Mühe, Stefan zu zeigen, was ihr an ihm lag, dass sie die Beziehung *wollte,* immer noch! Aber er? »Kalt«.

In Wahrheit hatte die Harderfeld angerufen, um sie darüber zu informieren, dass neue Geschäftsdokumente eingetroffen seien, die zu übersetzen wären.

Tine hatte die Lippen zusammenpressen müssen, um nicht laut aufzuschreien. Sie befinde sich im Urlaub, darüber habe sie das Sekretariat – sie vermied es, den Namen der Harderfeld auszusprechen – doch informiert. Sie melde sich rechtzeitig, um die Termine für die Übersetzungen zu klären.

»Wann?« Harderfelds Frage war ein harter Return und schon im Ton respektlos gewesen.

»Ich sagte doch ...«

»Morgen wäre gut.«

»Wie bitte, morgen?«

»Andernfalls muss ich jemand anderen beauftragen. Wir sind ein großes Unternehmen, da können wir nicht warten, bis Sie –«

»Okay. Ich melde mich. Morgen.«

»Bis spätestens um neun, bitte.«

Und dann: einfach aufgelegt.

Tine hatte sich vor Wut auf die Unterlippe gebissen. Sie hasste sich dafür, dass sie Harderfeld überhaupt geantwortet hatte, die jede Gelegenheit dazu nutzte, sie zu demütigen. Aber was sollte sie machen? Sie brauchte die Übersetzerhonorare. So lächerlich gering sie auch waren, gaben sie ihr doch das Gefühl, nicht vollständig von Stefan abhängig zu sein, auch wenn er mit seinem Ingenieursgehalt ihr Auskommen als Familie sicherte und er ihre Arbeit wohl eher als Hobby empfand. Falls er überhaupt danach fragte, dann nur, wenn er auf Sex mit ihr spekulierte. Oder er verschwand unter der Dusche, bevor sie richtig davon zu erzählen begonnen hatte.

Sie atmete noch ein wenig die frische Seeluft – starke Windböen kämmten den schwarzen Rauch des Schiffsschornsteins zur anderen Seite hin – und ließ ihren Blick über das Deck schweifen. Weit vorne, an der Bugreling, standen zwischen einer Handvoll Erwachsener, die inzwischen dazugetreten waren, noch immer die beiden Kinder in ihren roten Kapuzenjacken. Eines davon schaute nicht mehr aufs Meer hinaus, sondern drehte den Kopf weit zu Tine um, die Kapuze so tief ins Gesicht gezogen, dass Tine plötzlich war, als blicke sie in ein schwarzes Nichts. Ein Frösteln überlief sie an den Armen, und sie ging wieder hinunter in den Fahrgastraum.

Sie entdeckte Leon nicht gleich auf Anhieb. Auf dem Tisch lagen die Bauklötze als trostloser Haufen statt als Turm. Davor saß in gebückter Haltung Stefan, der zum Panoramafenster hinüberschaute. Sie folgte seinem Blick und sah Leon, der mit dem Daumen im Mund vor dem Tisch einer älteren Frau stand und mit der freien Hand den Rücken eines kleinen schwarzen Hunds streichelte.

Stefan sah zu Tine auf. »Er hatte keine Lust auf Bauklötze. Cruist lieber zwischen den Tischen der Leute hin und her.«

Tine ließ sich neben Stefan auf den Sitz fallen, legte eine Hand auf seinen Oberschenkel, spürte den Muskel hart werden.

Als sie wieder zu Leon hinblickte, wechselte er gerade seinen Daumen, um den Hund mit der anderen Hand weiterzustreicheln. Sie stieß einen Seufzer aus, der Stefan anscheinend unberührt ließ, stand auf und ging zu dem Tisch der Frau hinüber. Entsetzt erkannte sie, dass es sich bei dem vermeintlich kleinen schwarzen Hund um eine massige Französische Bulldogge handelte, deren breites, sabberndes Maul Leon hingebungsvoll streichelte. Sie starrte die Frau am Tisch unmissverständlich wütend an, doch deren Augen sahen nur stumpf zu ihr zurück. Tines Blick fiel auf ein daumennagelgroßes Muttermal am Hals der Frau – eine melanomschwarze Insel, bewachsen mit Palmen aus langen silberweißen Haaren. Tine spürte, wie sehr dieses Muttermal sie abstieß.

Vorsichtig, möglichst ohne den Hund direkt anzusehen, griff sie nach Leons streichelnder Hand. Im selben Moment fing der Hund an zu knurren und deutete eine Schnappbewegung an. Sie schlang ihren Arm um Leon, der erschrocken zurückwich.

Tine sah empört zu der Frau am Tisch hin. »Nehmen Sie Ihren Hund an die Leine, verflucht! Sehen Sie denn nicht ...?«

Sie war laut und wütend geworden. Lauter und wütender, als sie wollte.

Aber die Frau tat, als sei sie blind und taub, blickte Tine mit seltsam leeren Augen an, während sich von den Nachbartischen deutlich ungehaltene Laute und böse Blicke gegen Tine richteten.

In dem Moment gab vom Ausgang her ein junger Kerl Anfang zwanzig, mit bleichem Gesicht und Undercutfrisur, einen scharfen Pfiff von sich und schnippte hart mit den Fingern. Die Bulldogge erstarrte augenblicklich, ihr Blick wurde eisig, sie machte einen Satz zur Seite und suchte breitbeinig, jedoch mit eingezogenem Stummelschwanz, den kürzesten Weg zwischen den Tischen zu ihrem Herrn.

Tine begriff ihr Missverständnis und suchte den Augenkontakt zu der Frau am Tisch. Doch als sie sich wieder zu ihr herumdrehte, sah sie, wie die Frau dem Typen Handzeichen gab, worauf der, sichtlich unwillig, mit dem

Hund den Fahrgastraum verließ.

Die beiden gehörten also zusammen.

Tines Ärger war schlagartig wieder da. Sie beugte sich über den Tisch und fixierte, statt der Frau in die Augen zu sehen, das Muttermal an ihrem Hals.

Die Frau sah Tine mit stumpfem Blick an und senkte dann den Kopf wie in extremer Zeitlupe. Indem sie Leon, der zu ihr aufschaute, ein überraschend warmherziges Lächeln schenkte, begann sie leise und abgehackt, eine Melodie zu summen, die Tine äußerst fremd, doch auf ungekannte Weise fröhlich erschien.

Sie sah Leon an. Der Junge erwiderte den inzwischen geradezu versonnenen Blick der Frau mit einem seligen Lächeln.

Tine drückte ihm das Händchen. »Na komm, Schatz, wir gehen zurück zu Papa.«

Leon sah zu ihr auf und schüttelte den Kopf.

»Doch, Schatz. Komm jetzt.«

Das Summen der Frau verstummte, und das Lächeln verschwand aus dem Gesicht des Jungen. Tine zog ihn mit sich fort.

Die Blicke der Fahrgäste an den Nachbartischen glitten feindselig an ihr auf und nieder, als Tine mit dem quengelnden Leon im Schlepptau an ihren Tisch zurückkehrte.

Stefan war vermutlich der Einzige, der die Szene verschlafen hatte. Er öffnete die Augen, richtete sich gähnend auf und blinzelte erst Leon, dann Tine fröhlich zu. »Na, alles klar?«

Sinnlos, darauf zu antworten. Es ging ihr schier über den Verstand, dass er nichts von dem hässlichen Vorfall mitbekommen hatte.

6

Zwei Stunden später lief die Fähre in den Hafen von Kiirsi ein. Sie packten ihre Sachen, Stefan schulterte Leon, presste einen Arm auf seine baumelnden Beine und nahm den großen Rollkoffer in die freie Hand.

Als sie aufs Deck hinaustraten, war die Wolkendecke hier und da aufgerissen, grellweiße Sonnenstrahlen spießten die roten Ziegeldächer der Häuser von Rugnar, das jenseits des Hafens wie auf einem stockfleckigen alten Aquarell an einer leichten Anhöhe klebte.

Nur wenige Fußgänger an Deck machten sich mit ihnen bereit, die Fähre zu verlassen. Am eiligsten schienen es zwei Kinder in auffällig roten Kapuzenjacken zu haben, die bereits weit vorne am Bug standen, wo sich auch eine schmale Treppe befand, über die es hinunterging.

Stefan hörte Tine, die hinter ihm ging, betont aufatmen. »Das erste Mal, dass es sich nach Sommer anfühlt. Nach Urlaub!«

Er spürte seine Schultern hart werden und zwang sich, nicht darauf zu antworten.

Hanna zufolge war Kiirsi »einfach traumhaft«, kaum bevölkert, mit viel Wald, unzähligen kleinen Stränden, aber einem Hauptort, Rugnar, zugleich Hafen, der hinsichtlich Einkauf und medizinischer Versorgung (man wusste ja nie) nichts zu wünschen übrig lasse, »absolut europäischer Standard«.

Dass Hanna gar nicht aus eigener Erfahrung gesprochen hatte, begriff Stefan erst, nachdem er gebucht hatte. Der Tipp stammte in Wahrheit von Lena, Hannas Freundin, die vor drei oder vier Jahren mit ihrer Familie auf Kiirsi gewesen war. Stefan war deswegen zuerst sauer auf Hanna gewesen, die seiner Ansicht nach den Eindruck erweckt hatte, als habe sie selbst erst kürzlich noch, auf ihrer Geschäftsreise durchs Baltikum, einen spontanen Abstecher auf die Insel gemacht. Hanna entschuldigte sich später damit, dass sie selbstverständlich an Kiirsi nur als Urlaubsort »für kleine Familien« gedacht habe.

Für sie selbst sei das jedoch nichts: Ich brauche Action, *Leben*, ich dachte, das wüsstest du noch, Stefan.

Der Satz klebte hartnäckig wie Ohrenschmalz in seinem Kopf. Hanna hatte ihn angeblinzelt und gelacht, und in dem Moment hatte er wieder gewusst, warum sie kein Paar mehr waren, sondern nur noch Geschäftspartner. Wenn es das traf.

Sie erreichten den Bug des Schiffs, wo sie über die verflucht steile und enge Treppe zum Parkdeck hinuntersteigen mussten. Als sie auf der ölverschmierten Plattform stehen blieben, um einen dröhnenden Lkw und zwei klapprige Transit hinausfahren zu lassen, begann Leon, unruhig zu werden, es fühlte sich an wie Hüpfen, was er da oben auf

Stefans Schultern trieb. Stefan ließ panisch den Rollkoffer los, um Leon mit beiden Händen herunterzuhieven, doch Leon entzog sich ihm, und so trommelte Stefan mit der flachen Hand mehrfach auf Leons widerspenstige stabdünne Beine und klemmte sie fest, damit er endlich Ruhe gab.

Im nächsten Moment bekam er einen giftigen Stoß in den Rücken, genau zwischen die Schulterblätter, und er begriff sofort, dass es Tine war.

»Bist du verrückt, den Jungen zu schlagen, Stefan? Er kann doch nichts dafür, dass das Schiff schaukelt.«

»Mit Schiff...« Ihm brach vor plötzlich aufschießender Wut der Schweiß aus. »Mit Schiffschaukeln hat das verdammt noch mal nichts zu tun, Tine. Leon hat angefangen zu hüpfen, und wenn ich ihn nicht gehalten hätte, läge er jetzt am Boden.« Eine fette Beule am Kopf wäre das Mindeste, was ihm passiert wäre.

»Nach Halten sah mir das aber nicht aus. Eher nach ...«

»Halt doch die Klappe, Tine! Wirklich, sei einfach mal still, ja!« Ihm reichte es jetzt.

Leon begann zu weinen, in einem Ton, den er »die Sirene« getauft hatte, und Stefan spürte zu seinem Entsetzen für Sekunden die Verlockung, den Jungen in hohem Bogen in das dunkelgrün glitzernde Wasser tief unter ihnen im Hafenbecken zu schleudern, ihn ins Meer zu werfen wie einen falschen Fischfang.

Ein Arbeiter in roter Warnweste stampfte auf sie zu und winkte ihnen ungeduldig mit beiden Armen, weiterzugehen. Stefan umklammerte Leons Beine weiter mit einer

Hand, allerdings nicht mehr ganz so fest, weil der Junge sich wieder ruhig verhielt, fasste den Griff des Rollkoffers und tippelte vorsichtig über die leichte Schräge der eisernen Rampe aus dem Schiffsschlund an Land.

Fester Boden unter den Füßen. Der verblüffende Unterschied zum stets schwankenden Schiff wurde ihm augenblicklich wieder bewusst. Mit einem Ächzen, das er nicht unterdrücken konnte, hob er Leon, der nicht mehr weinte, betont behutsam von seinen Schultern, um ihn auf die eigenen Füße zu stellen.

Der Kleine sah blass aus, wie immer, aber irgendwie noch unglücklicher als sonst. Stefan ergriff plötzlich eine solche Welle der Traurigkeit, dass er zu ersticken glaubte.

7

Das schwarze Taxi war eines von zwei Vintagemodellen auf dem kleinen Parkplatz neben dem Terminal des Hafens, einem unscheinbaren zweistöckigen Flachdachgebäude. Tine hätte Lust gehabt, sich den Ort, Rugnar, gleich einmal anzusehen. Aber mit den Sachen, die sie zu schleppen hatten, dazu Leon, war das natürlich nicht möglich. Zu dumm, dass sie nicht mal einen Buggy hatten mitnehmen können.

Stefan hatte recht, sie mussten zuerst zum Ferienhaus fahren, Leon versorgen und sich ein wenig sortieren. Für Rugnar würde sich später noch genügend Zeit finden.

Der Taxifahrer war ein schweigsamer Mann mit grauem Zehntagebart und Halbglatze. Sein schwarzes Taxi wirkte groß wie ein alter Flusskahn, vielleicht eine russische oder skandinavische Marke, sie hatte keine Ahnung von Autos. Der Fahrer lud das Gepäck in den riesigen Kofferraum und hielt für Tine und Leon ernst und ergeben die hintere Wagentür auf. Seine schwarzen Wimpern bildeten einen überraschend schönen Halbmond auf den halb geschlossenen Lidern.

Sie nahm Leon auf den Schoß, da es im Fond des Wagens keinen Kindersitz gab.

Stefan ließ sich ächzend auf den Beifahrersitz fallen und sprach englisch mit dem Fahrer, der ernst zuhörte, um ihm plötzlich mit einer eleganten kleinen Bewegung den Zettel aus der Hand zu zupfen, auf dem die Adresse des Ferienhäuschens stand. Er deutete ein Nicken an, brummelte unverständlich und gab Stefan den Zettel zurück.

Sie fuhren auf einer schmalen Straße mit offensichtlich neuer Asphaltdecke in einem leichten Bogen um den Hafenort herum. Reihen haushoher, leicht im Wind schaukelnder Eichen verwehrten ihnen rechter Hand den Blick auf Rugnars Rücken.

Links blitzte plötzlich das Meer auf, kristallblau in Küstennähe und schwarzviolett in der Ferne. Dann verschwand es wieder hinter Reihen dichter Nadelbäume. Tine bemerkte, dass sie landeinwärts fuhren, viel weiter als gedacht. Lag denn die Villa Kunterbunt, die Stefan im Netz aufgestöbert hatte, nicht direkt am Meer?

Sie beugte sich nach vorn und machte Stefan darauf aufmerksam, dass sie sich immer weiter von der Küste entfernten.

Er reagierte nicht auf sie, ignorierte sie vollkommen.

Tine ließ sich zurückfallen und sah für eine Sekunde ihr Gesicht im rostfleckigen Rückspiegel. Sie fand sich selbst abstoßend. Blass, mit hohlen Wangen, dunkle Halbmonde unter den Augen.

Leon war eingeschlummert, und sie schaute durch das große eckige Seitenfenster hinaus, sah abwechselnd Nadelwald und Heidelandschaft an sich vorüberziehen, hin und wieder ein Gehöft, umgeben von schmutzigweißen Mauern oder einer lockeren Reihe Laubbäume.

Sie spickte auf die Armbanduhr. Es war jetzt kurz nach eins, die Sonne stand direkt über ihnen, und der alte Kahn, in dem sie soeben sonst wohin entführt wurden, hatte natürlich keine Klimaanlage. Sie fingerte ein Papiertaschentuch aus ihrer Jackentasche und wischte dem dösenden Leon die Schweißtropfen von der Stirn.

Der Motor des Wagens surrte erstaunlich leise, ihr war warm geworden, so dass sie bereits zu träumen glaubte, als plötzlich das Meer wieder auftauchte, wenngleich diesmal weit vor ihnen wie eine Fata Morgana. Die Straße fiel zur Küste hin leicht ab, die Landschaft rutschte sanft ins Meer, über dem eine dünne weiße Nebelbank wie ein Tischtuch lag.

Das Taxi hielt nach zuletzt holpriger Fahrt über eine sich schlängelnde, schadhafte kleine Straße vor einem Haus, das trotz seines offensichtlichen Alters wohl erst noch erwachsen werden musste, so winzig erschien es. Ein verwilderter Garten war von einem löcherigen Staketenzaun umgrenzt, der enorme Schlangenlinien bildete.

Das konnte unmöglich ihre Ferienunterkunft sein!

Der Taxifahrer deutete mit tabaksbraunem Zeigefinger auf den Kilometerzähler, bevor er den Betrag mit einem Taschenrechner ausrechnete. Stefan zahlte, dann ging alles ganz schnell. Der Taxifahrer schwang sich aus der Karosse, wuchtete das Gepäck aus dem Kofferraum, wünschte ihnen irgendetwas in seiner Sprache oder seinem Dialekt, das sie deuten konnten, wie sie wollten, und verschwand mit seinem Kahn, nicht ohne einen schwarzen Auspuffwirbel hinter sich herzuziehen.

Stefan stopfte mit zufriedenem Gesicht einige große Geldscheine zurück in sein Portemonnaie. »Nicht mal zehn Euro für die Strecke.«

Er schien das ernst zu meinen.

Tine fasste Leon mit einem beklemmenden Gefühl stärker bei der Hand, spürte, wie ihr Unruhepegel stieg. »Sind wir hier richtig, Stefan? Ich dachte, das Ferienhaus wäre ganz in der Nähe vom Hauptort.«

Stefan zuckte die Achseln. »Dachte ich auch.«

Tine wies mit dem Kinn zu der Disneyausgabe von Haus, dessen schadhafter roter Anstrich an unzähligen Stellen aufgeplatzt war. »Der Fahrer muss sich geirrt haben. Das ist doch nicht das Ferienhaus, das du gemietet hast, oder?«

Stefan blickte sarkastisch die schmale Straße hinunter. »Siehst du etwa ein anderes Haus in der Nähe?«

Sie folgte seinem Kamerablick. Der löchrige, von Wurzelwerk aufgebrochene Asphaltbelag der Straße hörte nach gut hundert Metern vor hohen Birken, die den Waldrand markierten, einfach auf.

Plötzlich schoss Stefan herum und breitete die Arme aus wie ein Hohepriester. »Aber schön bunt ist sie doch, unsere Villa! Oder etwa nicht?«

Tine schaffte es nicht mal, einen Mundwinkel hochzuziehen. Hier war jetzt etwas ganz anderes gefragt als der Theatermodus, den Stefan sich leistete, wenn er nicht mehr weiterwusste. Sie schob die brüchige Gartenpforte, die nur noch an einer verrosteten Angel hing, beiseite und betrat über den kaum erkennbaren, von Unkraut überwucherten Weg das Grundstück.

8

Tine hatte natürlich recht, das Ferienhaus war eine Katastrophe. Das war Stefan schon klargeworden, noch bevor er es zu Gesicht bekommen hatte. Denn anders als im Webportal von Travel Pursuit behauptet, befand es sich am genau entgegengesetzten Ende von Kiirsi, vielleicht vier, fünf Kilometer von Rugnar entfernt, dem einzigen Ort der Insel, den sie selbst für das Nötigste wer weiß wie oft zum Einkaufen besuchen mussten. Der Taxifahrer hatte ihm zwar seine Karte mit Telefonnummer gegeben, aber das änderte nichts an der Tatsache, dass sie sich hier am Arsch der Welt befanden.

Die Unterkunft, die er im guten Glauben gemietet hatte, war eine glatte Provokation. Auf den ersten Blick wirkte sie zwar wie eines dieser typischen ochsenblutfarbenen Schwedenhäuser mit rotem Ziegeldach, weißen Fensterläden und verschiedenen Erkern und so weiter. Aber man musste schon extrem kurzsichtig sein, um nicht sofort zu erkennen, dass das Häuschen in miserablem Zustand war. Von den Holzwänden und den Fensterläden blätterte (sofern noch vorhanden) die Farbe ab, darunter zeigten sich deutliche Spuren von schwarzem Schimmel; der Garten war recht unromantisch verwildert, ein Ort voller Gestrüpp, aus dem ein bemooster Granitbuckel wuchs; und die Obstwiese auf der anderen Seite des Hauses schien beinahe unzugänglich zu sein, wenn man das kniehohe Gras nicht mit einer Sense mähte oder systematisch niedertrampelte.

Vor allem aber war das Haus zwergenhaft klein. Die Bilder auf Travel Pursuit waren nicht direkt falsch, gaukelten aber durch irgendeinen optischen Trick, der ihm momentan nicht ganz klar war, viel größere Dimensionen vor. An Quadratmeterangaben konnte er sich im Augenblick nicht erinnern.

Drinnen wurde es noch schlimmer. Die Küche, die sie durch eine windschiefe Tür betraten, war winzig, schon zwei Personen traten sich beinahe auf die Füße, und sie war praktisch nicht ausgestattet. Nicht mal einen Herd gab es, sondern nur einen Gaskocher mit zwei Flammen. Auf dem Boden lag Mäusedreck, wenn er das richtig deutete, und an den Wänden hingen rotzfarbene, grünlichgelbe Tapeten aus dem letzten Jahrhundert mit geisterhaft verblichenen Blumenmustern.

Nicht nur die Küche, auch die anderen Räume waren winzig und ein schlechter Witz: das Wohn-/Schlafzimmer mit einer Klappcouch, die einem schon beim Aufklappen die Finger abschnitt, wenn man die falsche Stelle erwischte; die schlauchartige fensterlose Besenkammer mit einem Bettgefängnis fürs Baby neben Putzmitteln, aus deren teils offenen Behältern und Flaschen seltsame weißgraue Schaumkronen wuchsen. Neben dem Wohnzimmer befand sich eine weitere Kammer, im Grunde kaum mehr als ein abgeschlossener Alkoven mit zwei winzigen Fenstern. Die Toilette, deren abgegriffener grüner Plastikdeckel voller Brandflecken war und nur locker auflag. Die Dusche war gar nicht erst vorhanden, jedenfalls nicht *im* Haus. An der Außenwand hinter dem Haus hing ein trauriger Brausekopf als Endstück eines Gartenschlauchs, der um Wasser bettelte und es von einem Kaltwasseranschluss aus dem Garten bekam. Jetzt verstand er, was mit *Naturdusche* gemeint war. Wenn es nicht so schlimm gewesen wäre, hätte er beinahe darüber lachen können.

Er war auf einen Wutausbruch gefasst, als er Tine gegenübertrat, um mit ihr zu beraten, wie es nun weitergehen sollte. Doch etwas Erstaunliches geschah. Tine brach nicht in Tränen oder Wutgeschrei aus, wozu sie jeden Grund gehabt hätte. Sie bat ihn ohne jeden wahrnehmbaren Unterton, Leon draußen unter der Dusche zu waschen, falls das Wasser nicht zu kalt wäre, und ihn umzuziehen. In der Zwischenzeit würde sie sich um das Haus kümmern.

Er fragte nicht, wie sie das anstellen wolle, sondern duschte brav mit Leon zusammen unter der Naturdusche, wie Tine vorgeschlagen hatte. Das Wasser war erstaunlicherweise nicht zu kalt, und Leon machte das Duschen unter freiem Himmel richtig Spaß, er lachte und bekam sogar etwas Farbe im Gesicht. Beim Anziehen auf einem Stück Rasen hinterm Haus, das im Grunde nur noch aus Moos bestand, erschraken sie beide, als plötzlich ein großes Tier unter den Obstbäumen hindurch quer durch den Garten galoppierte. Er brauchte ein paar Sekunden, um zu begreifen, was es war.

»Ein Reh, Leon. Das war ein Reh, ein Rehbock. Unglaublich.« Sie waren wirklich mitten in der Natur gelandet, in der Wildnis beinahe.

»Laublich«, wiederholte Leon und sah stolz zu Stefan auf.

»Un-glaub-lich, heißt das, Leon. Sag noch mal, bitte: un-glaub-lich.«

»Laublich.«

Stefan stieß einen tadelnden Seufzer durch die Nase. Trotz normaler Intelligenz lag Leon in der Sprachentwicklung um Monate, im Grunde fast ein Jahr hinter seiner Altersgruppe zurück. Das hatten sie quasi amtlich seit der letzten Entwicklungsuntersuchung beim Kinderarzt.

Er fasste den Jungen bei der Hand und ging mit ihm über große geschliffene Granitplatten im Garten zurück ins Haus.

Dort hatte Tine beinahe ein Wunder vollbracht. Der Küchenfußboden war gefegt und notdürftig geschrubbt, ein mintfarbener Klapptisch, den er wohl übersehen, vielmehr gar nicht als Tisch angesehen hatte, stand jetzt im Wohnzimmer, zwei Klappstühle hatte Tine ebenfalls aufgestellt. Eine Instant-Tomatensuppe, die sie für alle Fälle von Deutschland mitgenommen hatte, blubberte wie Magma in einem kleinen Topf auf einer Flamme des Gaskochers, und auf der zweiten Flamme hatte sie Wasser aufgestellt, um es sicherheitshalber zu kochen, bevor sie es später tranken.

Tine duschte nun selbst hinterm Haus, und danach aßen sie. Leon auf Stefans Schoß bekam das bereits zu Hause für ihn vorgekochte Essen, einen Gemüsebrei, der zum Ton der Tapeten passte, und Stefan hörte sich mit einem Mal zufrieden aufatmen: »Siehst du, Leon, alles halb so wild.«

Tine warf ihm einen Blick zu, den er schlimmstenfalls als neutral empfand.

Sie sprachen darüber, was jetzt zu tun sei, und waren sich schnell einig, dass sie erst morgen Vormittag nach Rugnar fahren müssten, um Besorgungen zu machen, am besten gleich für mehrere Tage. Ohne direkt darüber zu reden, hatten sie damit beschlossen, dass sie vorerst in der Behausung bleiben wollten, die zwar das Gegenteil von komfortabel war, aber dafür, wenn man genau hinsah, den

Charme des Morbiden hatte und auch ein wenig Abenteuer und lustige Überraschungen verhieß. Tine jedenfalls schien es zu vitalisieren, ihre Augen strahlten. Hoffentlich taugte wenigstens das Bett etwas.

Stefan folgte Tines Blick, sie schaute zu dem schmalen Wohnzimmerfenster hinüber. Hinter dem schlierigen Glas schimmerte, nur spärlich verdeckt von ein paar schlanken Birken, das Meer, wie in einem Gemälde von Turner.

Tine sah zuerst Leon, dann Stefan an und lächelte auf diese verhaltene, sogar etwas rätselhafte Weise, die er so an ihr mochte. Sie hatte es schon lange nicht mehr getan.

»Was meint ihr, Männer, wollen wir mal zum Strand runter?«

»Hrand.«

Stefan drehte sein Gesicht so, dass er Leon auf seinem Schoß von der Seite mahnend ansehen konnte. »Strand, Bärchen, Strand.«

Tine zog die Brauen zu Tilden über ihren Augen zusammen. »Lass doch den Kleinen mal, Stefan. Er hat Ferien, und auf dieser komischen Insel spricht kein Kind besser Deutsch als er.«

Er lächelte über den faden Witz und nickte einsichtig. Sie hatte ja recht.

9

Der Weg zum Strand führte hinter dem Haus an den schlanken Birken vorbei über einen im hohen Gras versunkenen, kaum noch erkennbaren Pfad und danach über moosiges Gelände auf grauem Granit, der hier und da kleine Steinmaare bildete. Die Sonne war bereits wieder hinter einer geschlossenen grauen Wolkendecke verschwunden, und Tine fragte sich, ob es sich überhaupt lohnte, dass sie ihr Badezeug mitschleppten.

Aber ihre Bedenken waren unbegründet. Der Strand entschädigte für die Mühe, er lag windgeschützt unterhalb einer Böschung, der Sand war feinkörnig und beinahe weiß wie Zucker. Das Wasser schien klar und sauber zu sein, in der Luft hing ein kaum noch wahrnehmbarer würziger Geruch wie von einem Heidebrand vor langer Zeit.

Sie waren die einzigen Menschen an dem Strand, der sich, geschützt von steilen Böschungen, sichelförmig weit in beide Richtungen hinzog, und so blieben sie nackt. Stefan nahm Leon samt Eimer und Schippchen mit zum Wasser, das nur wenige Meter vor ihnen seicht und träge an Land schwappte. Leon löffelte Wasser in seinen roten Eimer, tat Sand dazu und kippte alles wieder aus. Plötzlich fragte Tine sich, ob das nicht ein etwas stupides Spiel für einen Zweieinhalbjährigen war. Sie vertrieb den Gedanken wie ein lästiges Insekt. Aber der Gedanke versteckte sich nur, ganz verschwunden war er nicht, das wusste sie.

Sie setzte ihre pinkfarbene Sonnenbrille (ein frühes Geschenk von Stefan, irgendein Mitbringsel von einer Geschäftsreise) auf und kramte »The Poison« heraus, einen Krimi, von dem sie zu Hause noch keine zehn Seiten hatte lesen können, weil tagsüber immer irgendetwas dazwischen gekommen war, meistens Leon, und nachts vor dem Schlafengehen war sie zu müde.

Sie kam auch jetzt nicht weit. Stefan und Leon kehrten schon nach anderthalb Seiten zurück, und ihr war klar, was Stefan von ihr erwartete, als er sich neben sie auf die Decke plumpsen ließ, während Leon mit tropfendem Eimer und sandiger Schippe vor ihr stehen blieb und sie auffordernd ansah.

Sie probierte einen Schmollmund. »Ich will bitte noch ein wenig lesen. Ich habe Urlaub.«

Stefan kniff wegen der Sonne ein Auge zu. »Lesen kannst du auch zu Hause, Tine. Geh doch mal ins Wasser, wird dir guttun.«

»Hut … tun.«

»Gut-tun, Leon. Guttun!« Stefan fixierte den Jungen mit hartem Blick.

Tine schlug demonstrativ die nächste Seite auf. »Was mir guttut, Stefan, entscheide ich selbst, vielen Dank.«

»Hank.«

»Dank, Bärchen, heißt das. Dank.«

»Hank.«

»Nein, Leon: Dank.«

»Stefan, vielleicht hörst du mal auf, Leon ständig zu

verbessern. Du verunsicherst ihn damit nur und ...«

Stefan hob plötzlich die Hand und hielt sie ihr breitflächig vors Gesicht, ganz nah.

»Was soll das?« Sie stieß verärgert seine Hand fort.

Erst im nächsten Moment begriff sie, dass Stefan über ihren Kopf hinweg etwas fixierte, das sich weit über ihr befinden musste. Er beschattete seine Augen mit der weggestoßenen Hand und deutete mit dem struppigen Kinn auf die Böschung hinter ihnen. »Da sind ... Kinder. Dort oben.«

»Hinner.«

Tine wandte sich um und sah sie jetzt ebenfalls: Zwei Kinder, wie Zwillinge in genau gleichen hagebuttenroten Kapuzenjacken, standen etwa fünfzig Meter entfernt auf der Böschung. Vollkommen reglos, wie erstarrt sahen sie zu ihnen her, als fixierten sie sie. Details waren auf die Entfernung allerdings nicht zu erkennen.

Tine erinnerte sich an die beiden Kinder in roten Regenjacken, die sie auf dem Schiff gesehen hatte. Ob es dieselben waren? Aber wieso waren die jetzt hier? Und wo waren ihre Eltern?

Leon hob die Hand mit dem Eimerchen und zeigte mit dem Finger in die Richtung. »Hinner.«

»Kin-der, Bärchen. Sag: Kinder.«

Stefan konnte es einfach nicht lassen. Aber sie ignorierte ihn jetzt und schaute weiter zu den zwei Kindern hin, die oben auf der Böschung standen, ohne sich zu rühren, als wären sie wie Hagebuttensträucher aus dem Boden gewachsen.

»Wie die glotzen. Seltsam.« Ihr war das nicht geheuer.

Stefan spitzte die Lippen. »Vielleicht interessieren sie sich für Leon.«

»Heon.«

»Leon! Du heißt Leon!«

»Stefan!« Tine sah ihn scharf an. »Lass endlich den Kleinen in Frieden.«

Stefan tat, als hätte er sie nicht gehört und sah unverwandt Leon an, bemühte sich aber wenigstens um einen weicheren Ausdruck im Gesicht. »Vielleicht wollen die ja mit dir spielen, Leon?«

»Ach was!« Warum sagte Stefan so einen Unsinn zu dem Jungen? »Diese Kinder sind mindestens acht oder neun, von der Größe her. Viel zu alt für Leon. Warum sollten sie sich für den Kleinen interessieren, einen Zweijährigen?«

Tine sah weiter zur Böschung hoch. Besonders eines der beiden Kinder schien sie intensiv zu beobachten. Vielleicht dasselbe wie auf dem Schiff? Und auf einmal glaubte Tine in ein uraltes Gesicht zu blicken, das sich im Dunkel der Kapuze verbarg, voller Falten und Runzeln und mit kalten, wissenden Augen.

»Das sind keine normalen Kinder«, hörte sie sich sagen.

»Ach, und was für Kinder sind das, Tine?«

»Hinner.«

»Kin-der! Lern das verdammt noch mal endlich, Leon.« Stefan war förmlich explodiert. Leon verlor vor Schreck das Gleichgewicht, landete auf dem nackten Hintern und begann zu brüllen, dass es ihr in den Ohren schrillte.

Tine nahm Leon und setzte ihn sich auf den Schoß. »Was zum Teufel ist denn bloß in dich gefahren, Stefan?« Sie spürte, wie der Kleine zitterte, und drückte ihn fest an sich.

Leon griff instinktiv nach ihrer Brust, um daran zu saugen.

»Nein, Leon, Mama möchte das nicht.«

Leon ließ aber nicht locker und packte mit drei Fingern ihre Brustwarze und riss daran wie an einem alten Nagel. Der Schmerz zuckte wie ein Stromstoß durch ihren ganzen Körper, reflexartig schoss ihr Arm nach vorn und stieß Leon gegen die kleine knochige Brust. Er kippte von ihrem Schoß wie ein toter Vogel von einem Ast.

Jetzt lag er rücklings im Sand und schrie mit aufgerissenem Mund, dass sie sein Zäpfchen sehen konnte. Sie war selbst erschrocken. Aber noch ehe sie sich entschuldigen und den Kleinen trösten konnte, hatte Stefan ihn mit beiden Klauen ergriffen wie ein Habicht seine Beute. Er presste Leon an sich, als müsste er seinen Sohn vor Godzilla retten, und stierte sie mit weit aufgerissenen Augen an.

»Tine, sag mal ...! Was war das denn jetzt? Mütterliche Zuwendung etwa?«

Sie beugte sich zu Leon vor, um ihn zu streicheln. »Tut mir leid, mein Schatz, ich ...«

Stefan wich mit dem Jungen zurück, der nun noch mehr schrie.

»Das war ein Reflex, weil Leon an meiner ...«

Hitze wallte durch ihren Körper, doch die Brustwarze,

an der Leon gerissen hatte, fühlte sich taub an und kalt wie ein Eiszapfen.

Auf einmal wollte sie nur noch weg von hier.

Sofort.

Sie sprang auf und nahm mit einem Auge wahr, wie die zwei seltsam starren Gestalten auf der Böschung, diese Kinder in ihren roten Kapuzenjacken, davonliefen wie die Hasen vor dem Jäger. Doch nicht etwa vor *ihr*? Weil sie so abrupt aufgesprungen war?

Aber sobald sie aus ihrem Blickfeld verschwunden waren, fragte sich Tine, *wohin* diese seltsamen Kinder eigentlich flüchteten. Wohnten sie in der Nähe? Womöglich dicht bei ihrem sogenannten Ferienhäuschen?

Der Gedanke beunruhigte sie plötzlich, obwohl es natürlich vernünftigerweise keinen Grund dafür gab. Zwei Kinder, weiter nichts.

Leon fand endlich den Schalter, um sein Weinen zu dimmen und dann ganz abzuschalten. Sie wandte sich um, ihr Blick traf sich mit Stefans Augen wie zu einem Duell. Sie wich aus, beugte sich zu Leon in Stefans Schoß hinunter und versuchte, als Wiedergutmachung seinen kleinen zarten Bauch zu streicheln.

Doch der Junge verkrampfte, sein Bauch fühlte sich steinhart an. Er hielt den Kopf gesenkt und wollte sie nicht einmal ansehen.

Sie richtete sich wieder auf und erntete von Stefan einen Blick hässlicher Genugtuung. Sie fühlte sich wie eine Aussätzige, presste aber die Lippen zusammen, um nicht loszuheulen, und machte ein paar Schritte zum Wasser hin.

Das Meer hatte sich inzwischen so bleiern gefärbt wie der Himmel. Sie drehte sich halb zu Stefan um und fixierte die Stelle auf der Stirn über seinen bernsteinharten Augen.

»Ich will gehen, Stefan.«

»Gehen, wohin?«

»Zurück zum Haus.« Wenn man den Verschlag denn so nennen konnte.

»Aber wir sind doch gerade erst gekommen, Tine. Und Leon ... du siehst ja.« Er deutete mit der Stirn auf den Jungen, der inzwischen wieder im Sand saß und mechanisch seinen Eimer füllte.

Sie schwenkte ihren Blick hoch zu der verwaisten Stelle oben auf der Böschung, wo vorhin die Kinder gestanden hatten. »Stefan, das macht ...« Sie räusperte sich, um Nachdruck in ihre Stimme zu legen: »Das macht mir Angst.«

»Was, Tine? Was genau?« Seine Stimme klang hart und extrem gereizt.

»Alles hier, Stefan. Der leere Strand, das ...« Das teilnahmslose graue Meer, wollte sie sagen. War sich aber sicher, dass Stefan sie ohnehin nicht verstand. Sie ließ stattdessen ihre Hand wie einen kleinen Vogel flattern. »Und dann diese Kinder, die uns die ganze Zeit beobachten.« Sie rollte die Augen wieder vage in Richtung Böschung.

»Die Kinder sind längst weg, Tine.«

»Hinder.« Leon schlug mit dem Schippchen zweimal achtlos gegen den Rand des Eimers. »Hinder.«

»Ja, richtig, Leon: Kinder.«

Sie sah Stefan an. »Versteh doch, ich ...«

»Nein, Tine. Ich verstehe nicht. *Dich* verstehe ich nicht.« Stefan sprang nun ebenfalls auf seine Füße und klatschte sich den Sand von den Händen. »Mal beklagst du dich, dass der Strand leer ist. Dann sind dir schon ein paar harmlose Kinder oben auf der Böschung zu viel.«

Er zerrte Leons grün-weiß gestreiften Body, ein Geschenk von Hanna, aus der Tasche, um ihn dem Jungen von hinten unvermittelt über den Kopf zu streifen. Leon erstarrte, gab jedoch Eimer und Schippe nicht eine Sekunde aus den Händen. Stefan riss das Spielzeug an sich und pfefferte es nacheinander in die Tasche. Leon begann wieder zu weinen. Als Stefan sich vorbeugte und ihn wütend anstarrte, schwieg der Junge erschrocken und sein milchbleiches Gesichtchen wirkte von einer Sekunde auf die andere steinhart und alt.

Tine erschrak. Sie fühlte sich augenblicklich wieder an die starren Gestalten der Kinder oben auf der Böschung erinnert.

Sie sagte jetzt nichts, wagte gar nicht erst, davon anzufangen, dass ihr diese Kinder schon auf der Fähre aufgefallen waren. Und dass es sie beunruhigte, ihnen hier draußen so unerwartet schnell wieder zu begegnen. Sie wusste ja selbst, dass es eben ein Zufall war. Und Stefan würde sie nur auslachen deswegen.

Dann packten sie stumm ihre Sachen zusammen.

Auf dem Rückweg zum Haus wurde sie das Gefühl nicht

los, dass sie wieder beobachtet wurden. Zwei Augenpaare. Sie steckten hier irgendwo im Wald, hinter Bäumen vielleicht oder im dichten Gestrüpp, davon war sie überzeugt.

10

Stefan streckte die nackten Beine aus und legte den Kopf in den Nacken. Über dem Haus, hoch oben am blassblauen Abendhimmel, trieb ein Raubvogelpaar mit gigantischen rötlichen Schwingen, das sonderbare, schrille Töne ausstieß, wie spitze Babyschreie, weit entfernt.

In dem kleinen Schuppen gegenüber der Naturdusche, der das Grundstück nach Norden hin von einer buckligen Landschaft aus grauem Geröll und niedrigen Büschen abgrenzte, hatte Stefan einen runden Gartentisch mit taubenblau gestrichenen Holzstreben und zwei typenähnliche Klappstühle gefunden; sie sahen aus, als würden sie nicht gleich zusammenbrechen, wenn man sich draufsetzte. Während Tine Leon zum Schlafengehen umzog, hatte er die Möbel unter der Dusche von Taubenkot (oder was auch immer) befreit und anschließend zu der Granitkuppe im Garten getragen, die wie eine Mönchsglatze aus dem blassgrünen, vom Wetter zermürbten Moos herausschaute.

Er nahm sein Telefon, das auf dem Tisch lag, konnte sich jedoch nicht entschließen, Hanna ein weiteres Mal anzurufen. Sie hatte ihn schon zwei Mal auf ihrem Smartphone ignoriert, und im Büro hockte vielleicht noch immer, es war jetzt kurz vor sieben, dieser Raiko an ihrem Platz.

Er presste eine Weile das Gerät in seiner Hand und überlegte. Besser noch eine Stunde warten. In der Hoffnung, dass der neue Kollege – sofern es überhaupt stimmte, was der Typ behauptet hatte – keiner von diesen Nerds war, die kein Privatleben hatten und sich die Nacht am Rechner um die Ohren schlugen. So wie er es früher gemacht hatte. Aber das war schließlich die Anfangsphase der Firma gewesen. Die er im Unterschied zu den Trittbrettfahrern, die später aufgesprungen waren, mit Hanna zusammen gegründet und über lange Zeit allein mit ihr betrieben hatte.

Damals waren sie praktisch Tag und Nacht zusammen gewesen, er und Hanna, das Büro war ihr Schlafzimmer, und ihr Schlafzimmer zu Hause bald unbewohnbar geworden, auch dort stapelten sich die Unterlagen, Papiere, Ordner, Rechner und Ersatzrechner. Arbeit war Sex, Sex war Arbeit. Falls das jemand verstand.

Aber jetzt? Heute?

Ah, verflucht! Er hatte sich auf die Zunge gebissen. Genervt chippte er das Telefon zurück auf den Tisch. Es rutschte kippelnd einige Zentimeter eine Strebe entlang und fiel dann durch die Lücke. Das Gerät schlug scheppernd auf dem Granit auf. Als er sich danach bückte, registrierte er nebenbei, dass der gleichgültig harte Felsboden mit unzähligen gräulichen und gelben Flechten übersät war, primitive Gewinner der Evolution, die sich hier auf ewig festgesetzt hatten.

Er kam wieder hoch und besah sich das Gerät. Es schien, bis auf ein paar Schrammen, die natürlich ärgerlich waren, nicht weiter beschädigt zu sein. Aber das Display blieb schwarz, als er es zu aktivieren versuchte. Er drückte mehrfach den An-/Ausschalter. Nichts.

Jetzt hatte er ein Problem. Noch eines. Er würde Tines Smartphone benutzen müssen. Und sie würde in jedem einzelnen Fall wissen wollen (und kontrollieren können), mit wem er gesprochen hatte. Er biss die Zähne zusammen. Entspannte sich dann aber etwas bei dem Gedanken, dass es in Rugnar vielleicht die Möglichkeit gab, ein neues Telefon zu kaufen.

Sein Blick wanderte hinüber zu der Rückwand des Hauses. Aus dieser Perspektive fiel ihm plötzlich auf, dass kaum zwei Armlängen neben der Dusche ein Metallkasten hing, der rostete, weil auch von ihm die Farbe abblätterte. Ein absurder Gedanke kam ihm: Das konnte doch unmöglich der Stromverteiler sein.

Aber es sah ganz nach einem Verteilerkasten aus. Oben und unten wuchs die Hauptleitung aus ihm heraus, deren braunstichige Kabelummantelung er sogar von seinem Platz aus erkennen konnte. Und unter dem leicht überstehenden Dach führte die Leitung direkt über die Dusche hinweg, ehe sie durch ein Loch in der Wand ins Haus geleitet wurde.

Ihn überlief es plötzlich eiskalt bei dem Gedanken daran, dass sie alle heute schon dort geduscht hatten. Womöglich konnte ein elektrischer Bogen vom spritzenden

Duschwasser zur Stromleitung darüber entstehen, falls die Plastikummantelung porös oder brüchig war.

Das Risiko mochte alles in allem vielleicht gering sein, aber das hatte auch Jens, sein Schulfreund damals, gedacht, als er von einem Vordach aus gesprungen war, um sich an eine Stromleitung zu hängen, der Lichtbogen hatte ihn erreicht, noch bevor er mit den Füßen abgehoben hatte ...

Stefan war halb im Begriff aufzustehen, um sich die Sache näher anzusehen. Ließ sich aber wieder fallen. Eventuelle Löcher in dem alten Kabelmantel konnten so klein sein, dass man sie mit bloßem Auge nicht sah. Sicherheitshalber würde ihm gar nichts anderes übrig bleiben, als die Leitungen zusätzlich zu isolieren. Er hatte zwar wenig Hoffnung, im Haus entsprechendes Material zu finden, aber einen Versuch war es wert.

Er stand auf und tapste über den Granitboden, der sich rau (die Flechten) und angenehm warm unter seinen nackten Fußsohlen anfühlte.

11

Tine befand sich im Wohnzimmer und hörte Stefan zurück ins Haus kommen. Auf dem muffig riechenden Schlafsofa in der Ecke, über das sie ein Handtuch gebreitet hatte, rieb sie Leon den Po ein, der ihr etwas wund schien. Sie schraubte den Deckel gleich wieder auf die Creme, die ihr

Doktor Häcker empfohlen hatte: Effektiv und zieht schnell ein, Sie werden sehen.

Ihr Kinderarzt hatte recht. Sie nickte zufrieden, man konnte der Creme praktisch beim Einziehen und Heilen zuschauen.

Doch auf einmal drängte sich Häckers Stirnrunzeln während der letzten Untersuchung in ihr Gedächtnis. Nachdem der Arzt eine Weile Leons vergeblichen Versuchen, halbwegs verständliche Drei-Wort-Sätze zu bilden, zugehört hatte. Freundlich lächelnd zwar. Aber auch sichtlich unzufrieden mit dem Gestammel, das ihr Junge sich geleistet hatte.

Sie atmete durch. Es gelang ihr, das Bild fortzuwischen und sich wieder auf Leon zu konzentrieren.

Gottlob verhielt er sich wieder einigermaßen erträglich ihr gegenüber. Zwar wich Leon nach der Szene am Strand ihrem reuigen, Kontakt suchenden Blick noch immer aus, aber er ließ sich jetzt ohne Widerstände von ihr waschen und cremen und nun auch anziehen.

Aus der Küche kamen Geräusche, schrapende Schubladen und die Türen der Vitrine, die heftig zugeschlagen wurden, Stefan, der vor sich hin fluchte ...

Aha, sicher hatte er Hanna wieder nicht erreicht. Oder er hatte sie erreicht, aber sie ihn abblitzen lassen. Das war ihre gewöhnliche Tour, um ihn immer weiter an sich zu binden. Nichts kettete so wie Ablehnung, offen oder versteckt, das wusste doch jeder. Aber Stefan? Wann würde er endlich kapieren, was für ein Spiel seine Ex mit ihm trieb?

– Was hieß Ex, sie waren noch immer verheiratet, Stefan und Hanna.

Sie streifte Leon auch das Pyjamaoberteil über – »Hm, riech mal, wie das duftet, Schatz!« –, nahm ihn in den Arm, was er apathisch geschehen ließ, und trug ihn hinüber in die Küche. Fünf glückliche Sekunden lang kam sie sich vor wie eine Affenmutter. Dann wurde ihr bewusst, dass nicht Leon es war, der klammerte, sondern sie. Leon ließ schlaff die Arme hängen.

Stefan kramte in einer Schublade, die er schon mehrfach aufgezogen haben musste, gab ja nur zwei davon.

»Was suchst'n?«

Er sah nur kurz auf und schüttelte leicht den Kopf.

Na schön, dann nicht. »Leon will seinem Papa Gute Nacht sagen.«

Leon drehte lustlos den Kopf kaum sichtbar in Stefans Richtung, was ihr eine gewisse Genugtuung verschaffte, die aber auf keinen Fall ihr Gesicht erobern durfte.

Stefan warf ihr einen kritischen Blick zu, wie ihr schien, sagte aber nichts. Er gab Leon einen flauen Kuss auf die Schläfe. Und kramte weiter.

»Was um Himmels willen suchst du eigentlich, Stefan?«

Er schnaubte durch die Nase. »Isolierband.«

»Isolierband? Wozu?«

»Zum Iso-lie-ren, Tine.« Er sah sie nicht mal an, sondern skandierte demonstrativ in die offene Schublade hinein. In der sich alles Mögliche befand, von fleckigem Besteck über zerbröselte Korkverschlüsse zu rostigen Nussknackern, aber sicher kein Isolierband, das glaubte sie schon auf den ersten Blick erfassen zu können.

Sie wandte sich ab und ging mit dem Jungen hinüber zu der winzigen Kammer, die sich an das Wohnzimmer anschloss. Stefan hatte darin das Kinderbett aufgebaut, das sie bei ihrer Ankunft entdeckt hatten, und die vordere Gitterwand herausgenommen. Tine hatte das Bettchen anschließend mit der Wäsche bezogen, die dort in einem Plastiksack auf sie gewartet hatte. Seit drei Jahren vermutlich schon, das Bettzeug roch wie abgestandenes Blumenwasser, sah auch so aus, braungelb gemustert, artverwandt mit den Tapeten im Wohnzimmer, war aber zum Glück nicht schmutzig. Und sie weigerte sich, davon auszugehen, dass sich Wanzen oder Milben oder anderes unsichtbare Ungeziefer darin befinden könnten.

Leon glitt schlaff von ihrer Schulter ins gemachte Bett, und sie setzte sich auf die Kante zu ihm. Fuhr ihm mit der Hand über das seidige braune Haar, zog ihm beiläufig den Daumen aus dem Mund.

Er sah sie verstört an.

»Bist doch schon groß, Schatz. Große Jungen nuckeln nicht mehr am Daumen.« Außerdem schadete es der Kiefernbildung und der Zahnstellung. Später mal. Sie küsste ihn auf die Stirn, fuhr ihm über die Wange (flaumzart) und stand auf. Leon schlief zu Hause bei heruntergelassenen Rollläden, sie hoffte, dass er müde genug war, um dennoch einzuschlummern. Als sie sich umwandte, hatte der Junge den Daumen bereits wieder im Mund. Sie ging zurück und zog ihn heraus, so dass seine Lippen mit einem Schnalzgeräusch zusammenflappten.

»Gute Nacht, mein Süßer. Schlaf schön.«

Sie schnupperte noch einmal an dem Haar, das so gut roch, ein wenig wie frische Milch, und richtete sich auf, um ihn nun schlafen zu lassen. Im selben Moment begann er bereits wieder zu weinen.

Sie presste die Kieferknochen zusammen, kaute auf ihren Backenzähnen und verharrte einen Moment. Überlegte, ob sie nicht Stefan rufen solle, um den Jungen zu beruhigen. War er nicht zufällig sein Vater? Und suchte der Mann nicht gerade vollkommen sinnloserweise nach Isolierband? Statt sie abzulösen.

Der Junge sah sie mit verweinten Augen an. Und nuckelte an seinem Daumen. Im vollen Bewusstsein des Opfers, das sie brachte, setzte sie sich wieder auf die Bettkante und drückte ihn an sich.

12

Stefan saß auf einem der Klappstühle an dem von Brandflecken übersäten Tisch im Wohnzimmer, Opfer unzähliger Zigaretten, die auf seiner mintgrünen Fläche ausgedrückt worden waren, und schaute aus dem Fenster. Die Sonne war noch nicht untergegangen, aber ihre schwächlichen Strahlen schafften es kaum noch durch die schaukelnden Wipfel der Bäume, die die rückwärtige Seite des Hauses umstellten wie feindliche Soldaten.

Er fragte sich, wie viel Uhr es war und wie lange Tine denn noch damit zubringen wollte, Leon ins Bett zu bringen. Wahrscheinlich verlangte er eine Gutenachtgeschichte nach der anderen von ihr. Was den Preis nur in die Höhe trieb und Stefan zu Mister Rabenvater machte, wenn er Tines Gutenachtgeschichten-Serie nicht mindestens egalisierte.

Andererseits war aus der Kammer inzwischen kein Ton mehr zu vernehmen, möglicherweise war sie neben Leon eingeschlafen.

Er lauschte, es war still. Nur das rollende Meer war aus der Ferne zu hören, und der offenbar stärker werdende Wind rauschte durch die Bäume hinterm Haus.

Er sah sich im Zimmer um: die urinfarbene Tapete, vergilbte Blumenmotive in sich auflösenden Bilderrahmen, der rostrote Wandteppich entlang der Bettcouch, so abgewetzt, als hätte er vorher Jahrzehnte lang als Fußabtreter gedient, der graue, sich wellende Plastikfußboden, der an den Rändern eingerissen und stellenweise geradezu aufgebrochen aussah ...

Endlich wurde die Klinke bewegt und Tine schlich aus der Kammer. Ihre Augen sahen geschwollen aus, eine Wange gerötet, sie war also neben dem Jungen eingenickt, wie er vermutet hatte.

»Schläft er?«

Tine setzte sich Stefan gegenüber an den Tisch und fixierte ihn. »Was denkst du, hm? Dass ich ihn geknebelt habe, damit er nicht schreit?«

»Herrgott, Tine!« Er schlug wütend mit der flachen Hand auf den Tisch, dessen Beine auf dem Fußboden mit Steppgeräuschen antworteten. »Ich habe dich ganz normal gefragt, ob Leon schläft.«

»Und ich habe dich gefragt, was du dir eigentlich denkst, Stefan. Wenn ich nach so langer Zeit aus Leons Zimmer komme – natürlich schläft er dann.« Sie schnaubte abfällig durch die Nase. »Und falls er jetzt aufwacht, gehst *du* bitte und beruhigst ihn.«

»Das mache ich auch, ohne dass du es mir ...«

»Scht!« Sie hob die Hand, um ihn zu unterbrechen.

»Was denn?«

»Hör doch mal!«

»Mein Gott, Leon schläft, Tine. Was soll das Theater?«

Sie schüttelte leicht den Kopf, anscheinend nicht mal verärgert. »Nein, ich meine ...« Sie lauschte weiter mit verkniffener Miene. Hob jetzt sogar den Zeigefinger wie eine altmodische Lehrerin.

Ein Ploppgeräusch war auf einmal von der Küche her zu hören.

»Da! Da war es wieder.«

»Tine, irgendetwas hat die Außentür getroffen. Ein Steinchen, ein ... Tannenzapfen, keine Ahnung. Der Wind wird stärker, hörst du doch.«

»Nein, *du* hörst nicht, Stefan!«

Sie war plötzlich laut geworden. Und im nächsten Moment fing Leon an zu weinen.

Musste ja so kommen.

»Bitte, da hast du's, Stefan. Leon ist wach geworden.«

»Das höre ich.«

Sie presste ihre Lippen zusammen, ihre Kiefermuskeln zuckten und vibrierten. Ihre Augen fixierten ihn hart.

Er schob knarrend den Stuhl über den glatten Plastikboden nach hinten und stand resigniert auf. »Weißt du, Tine, ich bin es so leid.«

»Was? Dass du einen Sohn hast, den du auch mal trösten musst?«

»Herrgott, Tine, habe ich das gesagt? Habe ich mit einer Silbe angedeutet, dass ich *Leon* leid bin?«

Der Junge fing jetzt aus vollem Hals an zu schreien.

»*Es*, habe ich gesagt, Tine. Ich bin *es* leid. Dein ständiges ...«

»Verflucht, hörst du nicht, dass Leon schreit?« Sie blaffte ihn jetzt mit gleicher Lautstärke an. »Geh endlich zu ihm! Soll er sich die Seele aus dem Leib schreien? Wie neulich Abend, als ich mit Dirk im Kino war?«

»Dirk.« Der durfte natürlich jetzt nicht fehlen. »Mit dem du im Kino warst. Dass ich nicht lache.« Ihr erregtes rotes Gesicht, als sie nach Hause gekommen war, stand ihm noch heute vor Augen. Das Kino war garantiert nicht die Ursache dafür gewesen.

»Wir waren im Kino, ja. Und fang jetzt bitte keinen Streit darüber an, nur um von Leon abzulenken.« Der mit unverminderter Lautstärke weiterbrüllte. »Als ich nach Hause kam, hat Leon geschrien wie um sein Leben. Beinahe so wie jetzt.«

Er zwang sich, ruhig zu antworten. »Als du nach Hause kamst, Tine, war Leon still wie ein Mäuschen! Du hörst doch Phantome!«

»Phantome, Herr Doktor Ing, die hört man nicht, die *sieht* man.«

»Genau das tust du, Tine. Du siehst Phantome.«

Leons Geschrei sprengte inzwischen sein Fassungsvermögen, er stampfte an Tine vorbei, riss die Tür zur Kammer auf und schaltete das Licht an.

Schlagartig war der Junge still.

Stefan begriff auf den ersten Blick, was los war. Der Kleine lag wie ein Gefangener in seinem Bettkäfig. Tine hatte die vordere Gitterwand wieder eingehakt, die er doch vorher eigenhändig ausgehängt hatte. Er hatte sich (im Hinterkopf) ohnehin schon gewundert, warum Leon nicht einfach aufstand, um zu ihnen zu kommen, statt wie am Spieß immer weiterzubrüllen. Es war unmöglich für ihn herauszuklettern, die Gitterwände waren unüberwindbar hoch für Leon. Stefan war nicht einmal sicher, ob solche Gitterbetten heute noch irgendwo auf der Welt gebaut wurden.

Er nahm das Gitter ab und setzte sich auf den Bettrand. »He, Bär, wer wird denn gleich so schreien?« Die Augen des Jungen waren blutunterlaufen, die Wangen nass geweint. Stefan strich ihm mit der Hand über den Kopf und spürte augenblicklich, wie Leon sich entspannte. Es dauerte nur Sekunden, bis er die Augen wieder schloss und sein Atem ruhiger wurde. Kurz darauf war er eingeschlafen.

Stefan blieb noch eine Weile neben ihm sitzen, die Hand auf der Decke über dem regelmäßig sich hebenden und senkenden Bauch des Jungen, ein – aus, ein … Dann stand er auf, schaltete das Licht aus und verließ die Kammer, ohne das Gitter wieder vorzuhängen.

Im Zimmer saß Tine beinahe im Dunkeln am Tisch, das Sonnenlicht drang jetzt fast gar nicht mehr durch, und das Deckenlicht, eine grausam hässliche Lampe mit einem halbtransparenten, fleischfarbenen Schirm, war noch ausgeschaltet.

Eine bedrückende Stille lag auf dem Haus, nur das gedämpfte Rollen des Meeres und der zunehmende Wind waren zu hören.

Plötzlich das gleiche helle Ploppgeräusch wie vorhin. Diesmal an der Haustür. Oder täuschte er sich? Denn Tine schien nichts gehört zu haben. Kein Alarm in ihrem blassen Gesicht.

Im Gegenteil, sie wirkte wie verwandelt, ihr Blick lag weich und offen auf ihm, und er fragte sich, ob sie Sex wollte, als er sich zu ihr an den Tisch setzte.

Sie holte tief Luft. »Stefan, entschuldige. Ich wollte dich nicht anblaffen.«

»Ach nein?« Es hatte sich nur leider haarscharf danach angehört.

»Nein, wirklich nicht. Tut mir leid. Ich möchte …« Sie griff nach seiner Hand, die auf dem Tisch lag. »Stefan, ich hab noch mal über alles nachgedacht.«

»Über alles? Was meinst du?« Doch er ahnte bereits, was folgen würde.

»Weißt schon, über Hanna.«

»Hanna.« Dachte er sich's doch. »Hanna ist nicht alles, Tine.«

»Aber an ihr hängt beinahe alles, Stefan. Wir müssen darüber reden.«

»Worüber?«

»Na, dass du … Ich meine, *wir* sind deine Familie, Leon und ich. Aber du …«

Plötzlich war wieder das Plopp an der Haustür zu hören. Ganz deutlich.

»Still mal, Tine!«

Jetzt lachte sie darüber. »Ach, das ist der Wind. Hast du selbst gesagt.«

Stefan war sich mittlerweile sicher, dass es nicht der Wind war. Er deutete mit dem Kinn zum Fenster, in dem das restliche Abendgrau wie ein verschmierter Schmutzfilm stand. Dahinter die Bäume und niedrigen Büsche, die feindlichen Soldaten. »Schau doch, Tine, in den Büschen, zwischen den Bäumen.«

»Was soll dort sein?« Sie folgte seinem Blick mit den Augen.

»Erkennst du sie?«

»Ich erkenne gar nichts bei dem trüben Licht.«

»Da sind sie wieder: die zwei Bleichgesichter in den Büschen!« Er war sich jetzt ganz sicher.

»Wer?«

»*Wer*!« Litt sie unter Blitzvergreisung? »Die Kinder, Tine! Die zwei von heute Nachmittag am Strand. In den roten Regenmänteln.«

»Unsinn.« An ihrer Stimme erkannte er jedoch, dass sie sich dessen keineswegs sicher war.

Sie standen beide zugleich auf, gingen hinüber zum Fenster, Seite an Seite.

Er deutete wieder mit dem Kinn in die Richtung. »Erkennst du sie jetzt?«

»Ich weiß nicht.« Sie erstarrte plötzlich. »Doch, ja! Da bewegt sich was. Oder? Nein.«

»Ganz sicher. Das sind sie. Was haben die kleinen Teufel hier verloren?«

Er fuhr herum und eilte in die Küche, machte Licht, riss die Haustür auf und trat auf die Schwelle.

Das laute Rollen des Meeres, der röhrende Wind in den Baumwipfeln.

Tine stand auf einmal hinter ihm. Legte eine Hand auf seine Schulter. »Stefan, lass das. Falls sie es sind, die Kinder, provozier sie nicht noch.«

»Schau dir das an!« Er fasste es nicht. Ein Dutzend Tannenzapfen lag unmittelbar vor der Tür auf dem Boden. Er machte zwei Schritte zum Garten hinaus. Und sah im fahlen Licht, das von der Küchentür herüberschimmerte, dass auch vor Leons Fenster ein Haufen Tannenzapfen lag. »Tine, die bewerfen uns mit Zapfen und wer weiß, wahrscheinlich auch mit Steinen.« Er tastete barfuß auf dem moosbewachsenen Granit ein paar weitere Schritte voran und drohte mit dem Zeigefinger in Richtung der Bäume. »He! Ihr! Kinder – Laps... Lapsus! Oder wie das bei euch heißt. Verschwindet. Macht, dass ihr fortkommt! Sonst hol ich die Polizei, verstanden: Polit... Politsei – Politsia!« Wenn es auf dieser Insel der Seligen überhaupt so etwas gab wie eine Polizei.

Tine blieb, vom kalten Küchenlicht umrahmt, mit verschränkten Armen auf der Türschwelle stehen, sie sah aus wie ein Schattenriss. »Stefan, nun hör schon auf. Komm rein. Es sind nur Kinder. Falls überhaupt jemand da draußen ist.«

Stefan fixierte den schmalen Kopf ihrer scharf umrissenen Schattengestalt. »Falls überhaupt jemand hier draußen ist? Tine, *du* hast doch zuerst Alarm geschlagen wegen der Geräusche! Und wer hat gesagt, am Strand schon, diese Kinder machten ihr Angst? Und jetzt belagern sie uns und bewerfen das Haus mit Steinen!«

»Zapfen.«

»Zapfen, ja. Aber auf einmal ist das für dich nicht mehr der Rede wert?«

Er sah sie die Achseln zucken. »Kinder streunen nun mal gerne herum. Wie die Katzen.«

»Tine, Kinder, die um diese Uhrzeit noch umherstreunen, sind nicht wie Katzen, sondern ... verwahrlost.« Er hatte eigentlich nach einem anderen Wort gesucht, es aber nicht gefunden.

»Komm jetzt endlich rein, Stefan.« Ihre Stimme klang müde und betont entnervt.

Beinahe im gleichen Moment fing Leon wieder an zu weinen. Stefan hörte es durch das Kammerfenster und, etwas gedämpfter, durch die offene Haustür.

Tine stöhnte auf. »Das Plärren bringt mich noch um.« Sie ging hinein.

Stefan blieb noch einen Moment stehen und starrte in die Tintenschwärze zwischen den Bäumen. Doch außer den Büschen bewegte sich nichts mehr.

Sie waren weg.

Er machte kehrt und ging ins Haus.

Als er ins Wohnzimmer kam, fiel ihm auf, wie still es war, obwohl die Tür zu der Kammer, in der Leon vorhin noch wie am Spieß geschrien hatte, einen Spaltbreit offen stand.

In diesem Moment schaltete Tine das Licht aus und kam aus der Kammer. In ihrem Gesicht glaubte Stefan einen merkwürdigen Ausdruck zwischen Triumph und schlechtem Gewissen zu erkennen.

Ihn überlief es eiskalt. »Was hast du mit Leon gemacht, Tine?«

Die Frage schien sie zu amüsieren. »Ihn beruhigt. Hörst du doch.« Sie lachte. »Vielmehr hörst du ihn nicht.«

»Aber ...?«

»Geheimnis.« Sie ging auf ihn zu, packte sein Gesicht mit beiden Händen und knabberte an seinem Kinn, eigentlich fühlte es sich bereits wie ein kleiner Biss an. Bevor er dazu kam, sich zu beschweren, nahm sie seine Hand. »Na komm. Kannst mir helfen, das gefährliche Bett zu machen.« Sie zog ihn zu dem Klappbett an der hinteren Wand.

Er kam sich vor wie auf dem Weg zur Schlachtbank.

13

Tine horchte in die Dunkelheit, der Wind schien noch stärker geworden zu sein. Stefan warf sich ächzend herum und kehrte ihr den Rücken zu, den sie hart und abweisend an ihrem Bauch fühlte.

Er schickte ein Stöhnen in die zwielichtige Dunkelheit des Zimmers. »Gott, das Bett ist eine Katastrophe.«

Sie wartete ein paar Sekunden. »Und du meinst, dass es daran lag?«

Er drehte den Kopf auf dem muffig riechenden Kissen halb zurück und sprach jetzt gegen die Decke. »Was soll das, Tine?«

»Verzeihung, der Herr. Ich finde es nur, wie soll ich sagen, ein bisschen bedauerlich, wie es gelaufen ist. Oder eben nicht gelaufen.«

Sie hatte vielleicht kein Recht auf Befriedigung. Aber doch auf Verlangen. Es war zwar nicht so gewesen, dass Stefan sich nicht bemüht hätte. Doch genau das beschrieb das Problem. Die Leidenschaft war ganz auf ihrer Seite. Bei ihm reichte es wie so oft nur zu einer halbgaren Erektion. Sie war kein Fan von Dessous und raffinierter Wäsche, sie bot ihm Natur pur. Anscheinend reizte ihn das nicht mehr.

Sie hörte ihn tief ein- und ausatmen. »Ich bin einfach zu müde, Tine. Verstehst du das nicht?«

»Verstehe ich. Ich verstehe ja immer.«

Er drehte sich wieder zu ihr um. Seine Hüfte blieb in

sicherer Distanz, doch die Finger seiner Hand krabbelten zurück auf ihren nackten Bauch.

Ihre Erregung war augenblicklich wieder da. Sie atmete schneller, zog die Knie an. Das Klappbett kommentierte die Bewegung mit einem leichten Knarzen.

Stefan lachte leise an ihrem Ohr. »Das Bett ist sicher noch aus dem letzten Jahrhundert.« Seine Finger wanderten eine Spur tiefer. »Familienfreundliche Unterkunft direkt am Meer. Dass ich nicht lache.« Seine Hand glitt einen weiteren Fingerbreit hinunter.

Ihre Erregung wuchs. »Stefan ... Du musst das nicht ...«

Er ignorierte das. Und was sie ebenso erregte wie seine erkundende Hand, war, dass er währenddessen weitersprach, als säßen sie sich in einem Café gegenüber. Oder, noch banaler, am Küchentisch.

»Nie wieder buche ich last minute im Netz, das schwöre ich dir, Tine. Und das Ferienhaus? Hast du außen die Kabel gesehen? Gegenüber der Dusche?« Seine Finger erreichten ihr vorläufiges Ziel.

»Ja.« Kabel? »Ja.« Sie hatte keine Ahnung, wovon er sprach.

»Da guckt dich stellenweise der blanke Draht an.«

»Ja.«

»Ich besorge morgen Isolierband im Ort.«

»Ja.«

Plötzlich brach er ab. »Hast du das gehört, Tine?« Seine Hand blieb jedoch, wo sie war, und wenn es nach ihr ging, konnte er sie auch die ganze Nacht dort lassen.

»Was? Was soll ich gehört haben, Stefan?«

»Das Geräusch. Draußen an der Außenwand. Dasselbe Geräusch wie vorhin.«

Er zog seine Hand fort, als sei sie verätzt worden, und sie kam sich mit einem Mal nackter vor, als wenn er die Decke zurückgezogen hätte.

»Ich hab nichts gehört, Stefan.« Draußen frischte der Wind hörbar auf. Doch im nächsten Moment hörte auch sie ein Ploppgeräusch. Aber es klang nicht wie am Abend, nicht nach Tannenzapfen, die durch die Luft gewirbelt wurden. Sondern härter, heller.

Sie sah Stefan den Kopf aufrichten und in das schwarzgraue Licht hinter den Fenstern starren. Sie ertastete seine Hand unter der Decke und führte sie zurück an ihren Schoß.

»Das sind Steine, Tine. Diese Kinder ...«

»Das sind nicht die Kinder, Stefan. Die schlafen längst. Es ist der Wind, beinahe schon ein Sturm. Komm, lass uns selbst eins machen.«

Sie sah, wie er seinen Kopf zu ihr herumfuhr, ohne sein Gesicht erkennen zu können, das schwarz blieb. »Selbst eins machen?« Er zog die Hand wieder fort. »Noch ein Kind? Nicht dein Ernst, Tine.«

Draußen stieß erneut etwas Hartes, Festes gegen die Rückwand des Hauses, dort, wo sich die Dusche befinden musste.

Tine erschrak jedoch mehr über die Härte in Stefans Ton als über das Knallgeräusch von draußen. »Ich will bloß ...

will eigentlich nur ...« Sie fühlte, dass sie die Kontrolle über sich verlor, ihr Körper begann zu zittern. »Dass du mich ...« Sie fing an zu schluchzen, die Tränen drückten durch Augen, Mund und Nase gleichzeitig.

»Okay. Komm her! Komm.« Seine Hand war plötzlich wieder da, schoss hinauf zu ihren Brüsten, er war auf einmal über ihr und in ihr, er stieß zu, das Bett knarzte, die Federn quietschten grotesk, in ihrem Kopf – oder war das draußen? – dröhnte es, ein stechender Schmerz hämmerte gegen ihre Schläfen.

»Nein! Hör auf, Stefan!« Sie stieß ihn hart in die Seite, und er wälzte sich keuchend von ihr herunter.

»Was zum Teufel ...?« Sie sah seinen massigen Oberkörper sich in der Dunkelheit aufrichten. »Ich versteh dich einfach nicht, Tine.«

»Nein, das tust du nicht, Stefan.«

»Ich dachte, du wolltest es.«

»Ja. Ich wollte. Aber nicht *es*, sondern *dich,* Herrgott nochmal!«

Aus Leons Schlafkammer drang plötzlich wieder sein altbekanntes Weinen. Es steigerte sich in Sekunden zu entsetzlichen Koloraturen.

Stefan stieß einen frustrierten Seufzer aus. »Ich gehe zu ihm.«

»Nein. Lass mich.« Sie war bereits halb aus dem Bett gesprungen.

»Tine, wenn ich doch anbiete, dass ich ...«

Doch auf seinen Opfergang aus schlechtem Gewissen

konnte sie verzichten. »Ich will jetzt zu meinem Jungen, Stefan.« Sie war bereits aus dem Bett.

»O Mann! Dann geh halt. Geh zu deinem Jungen. Flennt alle beide.«

Als Leon merkte, dass Tine ins Zimmer und an sein Bett kam, wurde er sofort still. Tine legte ihre Hand an seine Wange und streichelte sie. Doch statt sogleich wieder einzuschlafen, starrte das Kind mit weit offenen Augen an ihr vorbei in die grauen Schatten der Kammer. Das empörte sie geradezu.

14

Stefan legte den Kopf in den Nacken. Der Himmel war lichtblau, mit dünnen, faserigen Wolken. Sie frühstückten draußen an dem improvisierten Gartentisch, den er auf die granitene »Mönchsglatze« gestellt hatte.

Glücklicherweise war Tine so vorausplanend gewesen – Stefan musste sich das ehrlicherweise eingestehen –, dass die Reste in den Fläschchen mit Gemüse- und Obstbrei noch zu einem satt machenden Frühstück für Leon reichten. Im Gegensatz zur vergangenen Nacht beschwerte der Kleine sich nicht.

Tine und Stefan begnügten sich mit den letzten zwei Tütchen Instantkaffee, die noch vorhanden waren. Ihm knurrte der Magen, aber er sagte nichts. Überhaupt schwiegen sie alle drei, während Tine den Kleinen fütterte.

Die letzte Nacht blieb ihm ein Rätsel. Besonders Tine. Er gab sich doch alle Mühe mit ihr. Aber am Ende rannte sie frustriert und wütend aus dem Zimmer und gab ihm die Schuld.

Schuld woran eigentlich?

Er hatte keine Lust, über die frustrierenden Details nachzudenken und sah zu der Naturdusche an der Hauswand hinüber. Er hatte den Haufen daumendicker Steine, der sich in der Nacht dort angesammelt hatte, bereits fortgeräumt. Möglich, dass der Wind dafür verantwortlich gewesen war. Wahrscheinlich sogar. Tine hatte vermutlich recht gehabt mit ihrer Vermutung, dass Kinder so spät in der Nacht nicht mehr herumstreunten, nur um neu angekommene Urlauber zu terrorisieren. Andererseits waren ihr diese Kinder gestern Nachmittag am Strand auch selbst nicht normal vorgekommen. Aber es war müßig, weiter darüber nachzudenken.

Als Leon zu Ende gegessen hatte, packten sie ihre Wertsachen – Brieftasche, Portemonnaie mit etwas Bargeld und Tines Smartphone (seines war definitiv nicht mehr zu reparieren) – in den schwarzen Wanderrucksack, schlossen das Haus ab und zogen los.

Stefan schulterte Leon, Tine trug den Rucksack. Seinen Vorschlag, ein Taxi zu rufen, hatte Tine brüsk abgelehnt: »Dies ist das Land mit dem bestausgebauten Busnetz Europas. Wozu ein Taxi?«

Zum Beispiel, um sich den langen Fußweg bis zur Haltestelle zu ersparen, hätte er antworten können. Sie hatten

Netzempfang, und er hatte mit Tines Smartphone herausgefunden, dass der Bus an der Kreuzung zur Landstraße nach Rugnar hielt. Gut zwei Kilometer entfernt von ihrem Ferienhaus. Geschenkt, Tine handelte mal wieder aus purem, kindischem Trotz heraus.

Die schadhafte Straße, mehr ein löcheriger Schotterweg, führte schnurgerade an einer Nadelholzschonung vorbei. Sie erreichten die asphaltierte, baumlose Straße nach fast einer Stunde öden, schweigsamen Fußmarsches.

Sie warteten an der Landstraße, die laut Maps die einzige direkte Verbindung nach Rugnar war. Kein Wartehäuschen, keine Sitzbank, nicht mal ein Schild deutete darauf hin, dass sie sich an einer Bushaltestelle befanden.

Stefan schwitzte, sein Kreuz schmerzte, nachdem er Leon so lange auf den Schultern getragen hatte, er war froh über die erfrischenden Böen, die aufkamen. Doch Tine fürchtete, sie könnte Kopfschmerzen von den Windstößen bekommen und Leon womöglich eine Erkältung. Für Stefan klang es, als würde sie ihn am Ende auch für den Wind verantwortlich machen.

Der Bus kam eine schweigsame Viertelstunde später aus Richtung Rugnar, dröhnte aber an ihnen vorbei. Der Fahrer schenkte ihnen nicht einmal einen Blick, der Bus fuhr weiter die Straße hinunter, bis er außer Sichtweite war.

Tine blickte ihm fassungslos hinterher.

Stefan hatte die Strecke aber bereits gegoogelt und konnte erklären, dass die Straße in einem Wendehammer münde, die der Bus als Kehre nutze, da es dafür auf freier Strecke sicher zu eng sei.

Nach gut fünf Minuten kehrte der Bus zurück und hielt. Ein großes, modernes Landschiff mit blauen und weißen Längsstreifen an den Seiten, aber ohne Werbeaufschrift. Vielleicht war die Busgesellschaft kommunal.

Der Bus war leer. Er war ohne einen einzigen Fahrgast hergekommen. Der Fahrer, ein gedrungener Mann in den Fünfzigern, schien mit seinem freudlosen Gesicht das ganze Unternehmen, mindestens aber diese Strecke hier hinaus, zu hinterfragen.

Tine setzte sich mit Leon auf einen Platz zwei Reihen hinter dem Fahrer, während Stefan bezahlte. Aus irgendeinem Grund wäre ihm ein Platz weiter hinten, am besten sogar ganz am Ende auf der Bank vor der breiten Heckscheibe, lieber gewesen.

Er setzte sich in die Reihe hinter Tine und Leon. Sie sahen sich nicht ein Mal zu ihm um.

Er musterte den Jungen von der Seite. Leon sah blass aus, die Ringe unter seinen Augen waren dunkler als gestern. Der Kleine wirkte kränklich und unglücklich.

Stefan wandte sich ab und sah durch das Fenster hinaus. Gestern im Taxi hatte er die Landschaft an sich vorbeiziehen lassen, ohne ihr Aufmerksamkeit zu schenken. Jetzt sah er flache, bräunliche Heide zur Linken und auf der anderen Seite, weit unten und zugleich weit hinten, das Meer, silbrig glänzend unter der Sonne, blendend wie Alufolie. Hin und wieder fuhren sie an Häusern vorbei, die kaum größer waren als ihre Ferienunterkunft, mit grasbewachsenen Dächern und abblätterndem weißen Putz. Das kniehoch stehende Gras und die wuchernden Büsche in den Vorgärten deuteten an, dass die Häuser unbewohnt waren.

Weit und breit war kein Mensch zu sehen, und abgesehen von kleinen Ansammlungen bisonbrauner Heidschnucken hier und da machten sich auch die Tiere rar.

Dieser Teil der Insel wirkte wie ausgestorben. Dead End of Kiirsi, so viel stand fest.

Der Bus hielt erst wieder auf freier Strecke, als die Häuser von Rugnar bereits in Sichtweite kamen. Drei alte Männer, einer von ihnen mit einem knotigen Stock als Gehhilfe, und eine korpulente Frau in ihren Siebzigern stiegen ein. Sie grüßten Stefan und Tine mit stumm überraschten Mienen. Die Frau lächelte, als sie Leon sah, der gerade herzhaft gähnte.

Wenige Minuten später glitt der Bus an der ersten Ampel vorbei, danach an einem Kreisverkehr, und schon befanden sie sich in Rugnars Herz. Oder Hirn. Oder was auch immer der zentrale Marktplatz für den Ort bedeutete, an dem der Bus hielt.

Sie stiegen aus und sahen sich um. Der grob gepflasterte Platz wurde von grauen oder ockerfarbenen Fassaden kleinstädtischer Bürgerhäuser eingerahmt, wie aus einem Bilderbuch des neunzehnten Jahrhunderts.

Tine spitzte die Lippen. »Schön.«

Schön, dass sie sich scheint's wieder entspannte, dachte Stefan. Wurde auch Zeit, für seinen Geschmack.

Sie deutete auf die Häuserzeile am Kopfende des Platzes. »Dort ist eine Bäckerei. Und ein Café gleich nebenan. Schauen wir uns zuerst in der Bäckerei um? Wir brauchen Brot.«

»Von mir aus.«

Die Tatsache, dass sie überhaupt wieder miteinander redeten, entspannte die Situation. Auch den Kleinen, der munter wurde. Stefan verstand jedoch kaum ein Wort von dem, was Leon in sein Ohr brabbelte, während er ihn im Arm trug und sie den Platz überquerten.

Die Bäckerei bot eine erstaunliche Auswahl an Roggenbroten. Sie entschieden sich auf Stefans Wunsch für ein saftig glänzendes Schwarzbrot und ein Roggenbrot mit Sesamkörnern, für das Tine votierte. Das Sortiment an Gebäck war jedoch enttäuschend. Nur ihr Heißhunger nach dem Coffee-only-Frühstück im Ferienhaus diktierte ihnen den Kauf von zwei Blätterteigstücken, die sich von den anderen durch die Farbe ihres Zuckergusses (weiß statt rot oder gelb) unterschied.

Sie aßen den Kuchen gleich vor der Bäckerei und ließen Leon ein wenig von dem Zuckerguss naschen.

Das Karree des Marktplatzes schien nahezu unbelebt, nur eine Handvoll Leute ohne ersichtliche Eile war zu sehen, hin und wieder ein Radfahrer, kaum Autos, die wenigen Parkplätze am Rand waren unbelegt.

»Eine Betriebsamkeit wie in einer Großstadt.« Stefan warf Tine einen Blick zu.

Sie lächelte schwach, und das erschien ihm als ein weiteres Zeichen der Abrüstung ihrerseits.

Er schlug vor, sich den Kaffee nach dem Kuchen vorerst zu sparen. »Vielleicht sollten wir, statt ins Café zu gehen, lieber einen Supermarkt suchen, falls es hier so etwas gibt. Um Isolierband zu kaufen.« Der Gedanke war ihm erst jetzt gekommen. Das Netz hatte ihn trotz automatischer Übersetzung von »Elektrikbedarf« im Stich gelassen; der einzige Treffer war der Sitz des Energieversorgers für die Insel gewesen, wenn er das richtig verstanden hatte.

Tine lachte. »Wir brauchen auch noch andere Sachen als Isoband, Stefan. Vor allem für Leon. Den Kaffee zum Kuchen trinken wir dann bequem zu Hause.«

Stefan schien, sie sehe ihn auf eine Weise an, als sei in ihrem Blick eine Botschaft versteckt. Wenn es so war, verstand er sie nicht.

Er ließ seinen Blick über die Häuserzeilen entlang des Platzes gleiten, entdeckte aber keinen Supermarkt. Auch kein Fachgeschäft für Elektro- und Haushaltsbedarf. Dafür ein Sportgeschäft, einen Schmuck- und Uhrenladen, ein Schuhgeschäft, einen Zeitungs- und Tabakwarenladen ...

Tine wies mit dem ausgestreckten Arm zur gegenüberliegenden Seite des Platzes. »Dort drüben.«

»Ja.« Auch Stefan sah jetzt das schmale Hinweisschild für den Miri Supermarket, der geknickte Pfeil deutete auf den Eingang um die Ecke. Er beugte sich zu Leon hinunter und ließ sich von ihm den Zuckergussrest von seinem Daumen ablecken. Die zarten Lippen des Kleinen an seinem Finger fühlten sich flaumweich an, wie von einem Kaninchen.

»Komm, Bärchen, ich trag dich.« Er schwang sich Leon wieder auf die Schultern.

15

Der Supermarkt befand sich tief im Innern eines flachen Gebäudekomplexes und erschien auf den ersten Blick eher wie ein überdimensionierter Tante-Emma-Laden ohne Bedienung hinter einer zentralen Theke am Kopfende des Verkaufsraums. Doch auf den zweiten Blick offenbarte er die Kunst, eine Unzahl von Waren auf engstem Raum zu präsentieren, letztlich unterschied sich sein Angebot nicht allzu sehr von dem, was sie von zu Hause gewohnt waren. Tine fand darüber hinaus das Angebot in Öl getunkter und gerösteter Roggenbrotscheiben bemerkenswert, die körbeweise schon im Eingangsbereich präsentiert wurden.

Sie kaufte neue Flaschen Gemüse- und Obstbrei einer ihr bekannten Marke für Leon. Dazu etwas Käse, haltbare Milch, Butter, die Klassiker eben. Außerdem Kaffee, eine russische Marke, das brachte ein wenig Abwechslung.

Sie traf sich mit Stefan, der Leon an der Hand führte, vor der Kasse.

Stefan sah unzufrieden aus.

»Kein Isoband gefunden?«

»Doch. Aber nicht das richtige. Ich bin mir jedenfalls nicht sicher, ob das Material auch für den Feuchtbereich geeignet ist. Dazu draußen.«

»Und nun?«

»Ich schlage vor, wir drehen anschließend eine Runde durch das Zentrum, die Seitenstraßen rund um den Marktplatz. Vielleicht finden wir ein Fachgeschäft.«

»Ganz analog, wie früher.« Tine amüsierte das. Aber sie wollte die Stimmung nicht wieder vermiesen. »Wir werden schon noch finden, was du suchst. Die Leute auf der Insel müssen schließlich auch ihre Kabel isolieren.«

»Könnte ihre Lebenserwartung deutlich erhöhen, ja.«

Tine reagierte nicht auf sein Schmunzeln. Sie fühlte sich noch immer verletzt durch das, was in der Nacht geschehen war. Stefan war hoffentlich klar, dass er jetzt einiges mehr bei ihr gutzumachen hatte.

Sie legten die Waren auf das Band an der Kasse und zahlten mit der Karte. Alles wie gewohnt.

Ihr erster Versuch, aus dem dunklen Labyrinth des Flachbaus, in dem sich der Supermarkt versteckte, herauszufinden, endete vor einer verschlossenen grauen Metalltür. Im zweiten Versuch traten sie überraschenderweise auf eine verlassene, schmuddelige Hintergasse hinaus, in der riesige Tonnen – mit Müll, mit Waren? – auf ihren Transport zu warten schienen.

Statt zurückzugehen, um einen anderen Pfad durch den dunklen Dachsbau zu suchen, entschieden sie sich, den Komplex zu umrunden.

Es war ein unappetitlicher Weg an vielen weiteren großen Metalltonnen vorbei, ehe sie jenseits einer Reihe dichter Nadelbäume, die als Sichtblende diente, wieder am Marktplatz anlangten.

Tine ließ verwundert ihren Blick schweifen: Der Platz war im Augenblick fast menschenleer, und sie fragte sich, wovon selbst die kleinen Geschäfte, geschweige denn ein Supermarkt, der sich in einem Labyrinth versteckte, lebten. Natürlich wartete selbst das derzeit einzige Taxi am Platz vergeblich auf Kundschaft. Auf der gegenüberliegenden Seite unterhielt sich ein Mann mit einer Undercutfrisur, der eine Zigarette rauchte, mit einem Taxifahrer durch das offene Seitenfenster. Der Mann schaute kurz zu ihnen herüber, als er seine Zigarette fortwarf. Aber schon im nächsten Moment setzte er seine Unterhaltung mit dem Taxifahrer fort. Tine entspannte sich. Sie erinnerte sich zwar nicht an das Gesicht des jungen Typs von der Fähre, den Mann mit der Bulldogge. Aber der Undercutmann dort drüben erschien ihr nicht jung genug, solche Frisuren waren nun mal gerade »in«, offensichtlich auch auf Kiirsi.

Sie atmete durch.

Stefan sah mit etwas Mühe auf seine Armbanduhr, da er zugleich Leon, der sichtlich stolz auf seinen Schultern thronte, an den Beinen hielt. »Gleich zwölf. Ich hoffe, die kleinen Geschäfte machen nicht bald schon Mittagspause.«

»Zwölf?« Tine blieb erschrocken stehen. »Shit!«

Sie blickte in das überraschte Gesicht von Leon, und auch Stefan sah sie verwundert an. »Was ist los, Tine?«

Sie setzte den Einkaufsbeutel mit Brot ab und riss sich den Rucksack von den Schultern, um ihr Telefon herauszuholen. »Ich habe die Harderfeld vergessen. Aber vollkommen. Sollte sie um neun anrufen.«

Stefan kniff die Brauen zusammen. »Aber doch nicht heute. An unserem ersten Urlaubs–«

»Scht!« Sie hob die Hand, um ihn abzuwürgen, und entfernte sich ein paar Schritte mit dem Telefon.

Die Harderfeld nahm nach zweimaligem Klingeln ab, Tine deutete das als gutes Zeichen und schlug einen grundnaiven Ton an, der hoffentlich rüberkam: »Hallo, Frau Harderfeld, wir wollten ja noch mal telefonieren. Wegen der neuen Dokumente.«

»Richtig.« Harderfelds Stimme klang nach bester Laune.

»Worum geht es denn? Und vor allem ...«, Tine erlaubte sich ein frisches Lachen, »über welchen Umfang sprechen wir dabei?«

Plötzlich Stille. Tine nahm kurz das Telefon vom Ohr. War die Verbindung unterbrochen?

»Frau Harderfeld?«

»Wir sprechen über gar keinen Umfang, Frau Schüller.«

»Wie bitte?«

Die Harderfeld lachte. »Sie können sich entspannen. Ich hab Sie doch richtig verstanden, dass Sie zur Zeit urlauben?«

»Urlauben« gehörte zu den Wörtern, die Tine nicht mochte. Vielleicht, weil die Harderfeld es benutzte, sie kannte sonst niemanden, der das tat. Wenn die Harderfeld von sich sprach, »verbrachte« sie »die Ferien«. »Urlauben« taten nur Sterbliche, Leute wie Tine.

»Frau Schüller? Noch da?«

»Ja, sicher, Frau Harderfeld. Ich weiß nur nicht ...«

»Ich habe den Auftrag vorhin vergeben. Keine Viertelstunde her. An eine Kollegin von Ihnen.«

»Vor einer Viertelstunde erst?« Tine versuchte zu verstehen, worum es hier eigentlich ging. »Sie wollten doch schon um neun Bescheid wissen?«

Zwei, drei Sekunden verstrichen. »Wie kommen Sie auf neun?«

»Wir hatten uns für heute um neun Uhr zum Telefonieren verabredet, Frau Harderfeld.«

»Daran erinnere ich mich nicht. Wenn das stimmen würde, warum haben Sie dann nicht schon um neun bei uns angerufen, Frau Schüller? Ich finde, so herum würde ein Schuh draus.«

»Ein Schuh draus«, noch so eine Harderfeld-Floskel, die Tine nicht ausstehen konnte.

Die Harderfeld hatte es mit der frühen Uhrzeit also gar nicht ernst gemeint. Das Gespräch hatte deshalb jetzt eine absurde Wendung genommen.

Tine entschied einzulenken, so schwer ihr das gegenüber der Harderfeld auch fiel: »Sie haben natürlich recht, Frau Harderfeld. Mein Fehler.«

»Das will ich meinen, Frau Schüller.«

»Ich rufe Sie dann am besten gleich nach meinem Urlaub wieder an, oder? Für den Fall, dass etwas Neues hereingekommen ist.«

»Nein.« Harderfelds Nein kam so schnell und schneidend, als hätte sie es sich die ganze Zeit zurechtgelegt. »Gegebenenfalls rufe *ich* Sie an, Frau Schüller.«

»Gegebenenfalls?«

»Ich bin keine Hellseherin. Noch einen schönen Urlaub.«

16

Stefan beobachtete die Szene voller Unverständnis. Wie oft hatte Tine ihn vor dem Urlaub – ihrem ersten gemeinsamen seit Leons Geburt – ermahnt, den Job zu Hause zu lassen, nicht wegen irgendeiner unerledigten Aufgabe in der Firma das Netz zu pflügen oder via Telefon oder Skype mit Hanna zu konferieren.

Und nun hatte Tine selbst ihre Absprachen mit Lines & Logistics auf den ersten Urlaubstag gelegt. Wann eigentlich hatte sie das Telefondate vereinbart, das sie nun anscheinend verschwitzt hatte? Sie war dabei, den letzten Rest an Würde gegenüber dieser Firma zu verspielen.

Doch als er ihr versteinertes Gesicht sah, nachdem sie das Gespräch beendet hatte und die paar Schritte übers Trottoir zurückkehrte, schluckte er seinen Kommentar, den er sich schon zurechtgelegt hatte, hinunter.

Er wusste, dass er an ihrer beruflichen Situation nicht ganz unschuldig war. Andererseits, was hätte er damals denn machen sollen? Hanna hatte darauf bestanden, Tine nicht weiter zu beschäftigen. Und zu dem Zeitpunkt waren er und Hanna noch zusammen gewesen. Offiziell zumindest. Sie hatte von Anfang an gespürt, welche Faszination für ihn von Tine ausgegangen war. Von ihrer subtilen, zurückgenommenen Art. Im Unterschied zu Hannas derben, fast bäuerlichen Manieren – sie schmatzte schon beim Brötchenessen. Von Tines Intelligenz, dem Witz, der ihr aus den Augen sprühte. Im Gegensatz zu Hannas geschäftsmäßiger Schläue, die selbstverständlich nützlich war, aber manchmal auch abstoßend. *Alle* Männer im Betrieb waren damals verliebt in Tine gewesen, darauf würde er noch heute wetten. Er selbst am allermeisten. Natürlich war Tine enttäuscht von ihm, als sie erkannte, dass es nicht in seiner Macht stand, ihren Rausschmiss zu verhindern. Hanna behielt sich sämtliche Personalentscheidungen vor, das hatte von Anfang an zu den Vereinbarungen zwischen ihnen gehört. Aber Tine und er schliefen bereits seit anderthalb Jahren miteinander. Erst nach ihrem Rausschmiss stellte sich heraus, dass sie schwanger war. Und sie wollte das Kind bekommen.

Er nahm Leon von den Schultern, der sich gleich an sein Bein klammerte, und breitete vor Tine die Arme wie Flügel aus. »He, du siehst aus, als könntest du jemanden umbringen, Tine.«

Tine missverstand die Geste, mit der er sie eigentlich tröstend in den Arm nehmen wollte, vollkommen.

Wütend schlug sie seine Linke fort, trat dicht an ihn heran und starrte ihm ins Gesicht. »Was fällt dir ein, dich über mich lustig zu machen, Stefan?«

»Aber ich mach mich nicht lustig, Tine. Wieso denkst du das?«

»Reicht mir schon, dass die Harderfeld mich abschmieren lässt.«

Jetzt brach sein Ärger über diesen idiotischen Termin mit ihrer Firma doch aus ihm heraus. »Warum telefonierst du überhaupt mit denen? Ich dachte, wir hätten Urlaub?«

Sie stieß einen höhnischen Seufzer durch die Nase. »Das dachte ich auch.«

»Und jetzt? Wie geht's weiter, Tine?«

»Na, wie schon? Wir suchen dein Elektrogeschäft.«

»Was heißt *mein* Elektro–? Es dürfte auch in deinem Interesse sein, unter der Dusche keine 220-Volt-Ladung abzubekommen. Von Leon ganz zu schweigen.«

Der Kleine presste sich noch enger an Stefans Bein. Umso schwieriger war es, Leons Hände zu lösen und ihn sich wieder auf die Schultern zu setzen.

Stefan drehte sich um seine eigene Achse und marschierte los, ohne sich weiter um Tine zu kümmern. Für den heutigen Tag reichte es ihm bereits wieder mit ihr. In dem spiegelnden Schaufenster eines Papierwarenladens sah er aber, dass sie den Rucksack geschultert und die Tasche mit den Lebensmitteln in die Hand genommen hatte, um ihnen zu folgen.

Es wurde eine planlose Tour rund um den Marktplatz, vorbei an all den kleinen Geschäften, die ihnen im Augenblick nicht nützten, so dass er auf gut Glück die dritte oder vierte Gasse einschlug, die vom Platz abzweigte. Die Fassadenstile wechselten von gutbürgerlichem Biedermeier zu solider Backsteingotik, der Straßenbelag von vermutlich historischem Pflasterstein zu profanem Asphalt. Als sie die nächste Querstraße erreichten, die überraschend breit, aber kaum befahren war, entdeckten sie einen Steinwurf entfernt neben einer »Pitsabaar« ein »Elektrikud Äri«. Das Schild, das vor dem Laden stand, versprach, dass es geöffnet hatte.

Die Auslage des Schaufensters, das beinahe die gesamte Vorderfront des schmalen Backsteinhauses einnahm, schien vielversprechend: Batterien, Kaffeemaschinen, elektrische Bohrer, Toaster, Taschen- und Hängelampen, genau der Kleinbedarfsladen für Elektrik, den sie suchten, wie es schien. Stefan setzte Leon ab und betrat mit ihm an der Hand den Laden, Tine folgte ihnen dichtauf.

Der Verkäufer hinter der hüfthohen Ladentheke, ein kleiner Mann mit Halbglatze, unterbrach kurz das Gespräch mit einer jungen blonden Kundin, um Stefan und Tine beiläufig mit einem Kopfnicken zu begrüßen. Stefan signalisierte ihm, dass er sich zuerst einmal umsehen wolle, was der Verkäufer mit einem dankbaren Lächeln quittierte, um das Gespräch mit der Kundin fortzusetzen. Stefan hörte mehrfach das Wort »mikrolaine« heraus, was auch immer das sein mochte.

Leon löste sich von Stefans Hand und tapste auf Tine zu, die noch den Rucksack und den Einkaufsbeutel trug, aber ebenfalls begann, sich in dem Laden umzusehen. Anscheinend hatten es ihr die Waschmaschinen angetan. Doch Stefan kaufte ihr das zur Schau getragene Interesse nicht ab. Es sollte ihn vielmehr an die rumpelnde Maschine zu Hause erinnern, für die sie schon vor Monaten Ersatz hatten kaufen wollen. – Aber leider habe er ja nie Zeit für die einfachen Dinge im Leben. Waschmaschinen, hatte er dagegengehalten, gehörten mitnichten zu den einfachen Dingen. – Wie satt er das alles hatte.

Er kehrte Tine und Leon, der zu ihr hochschaute, den Rücken zu und checkte ein Regal, das elektrischen Bastelbedarf aller Art zeigte. Auf Kniehöhe fand er ein Fach mit einem halben Dutzend Sorten Isolierbänder unterschiedlicher Länge, Farbe, Dicke und sonstiger Eigenschaften. Er ging in die Hocke, um sie in Augenschein zu nehmen. Aus den spärlichen Angaben der Warenzettel versuchte er zu erschließen, welches das richtige sein könnte. Im Hintergrund nahm er wahr, dass die Kundin den Laden verließ und wenige Augenblicke später ein neuer Kunde hereinkam, um sogleich ein Gespräch mit dem Verkäufer anzufangen.

Stefan entschied sich schließlich für ein rotes Band, das ihm dick genug für die Isolierung im feuchten Außenbereich und gerade noch dünn genug zum Verarbeiten erschien. Als er aus der Hocke hochkam und sich umwandte, sah er Tine die Gebrauchsanleitung einer Waschmaschine studieren.

Aber wo war Leon? Versteckte er sich zum Spaß?

Nur suchte Tine, vertieft in ihre Gebrauchsanleitung, leider nicht nach ihm.

Stefan drehte sich spielerisch um die eigene Achse, entdeckte den Jungen aber nicht. Er schritt, immer noch zum Spiel aufgelegt, die brusthohe Regalwand ab und schaute um die Ecke in den nächsten Gang. Keine Spur von Leon.

»Leon?«

Keine Antwort.

Stattdessen sah Tine ihn überrascht an, das Heft der Gebrauchsanleitung noch in den Händen. »Ist Leon denn nicht bei dir, Stefan?«

»Nein. Er war doch bei dir.«

Tine wurde blass.

Der Laden war klein, es gab nur die drei Gänge zwischen den Standregalen. Leon war verschwunden.

Beide zugleich hatten sie den Impuls, durch das Schaufenster hinauszuspähen. Stefan konnte nicht glauben, was er sah: Draußen, auf dem trittschmalen Trottoir vor dem Schaufenster, schien Leon gerade dabei, auf die Fläche eines niedrigen Handwagens zu klettern. Zwei kleine Gestalten in roten Kapuzenjacken, Stefan erkannte die Kinder auf Anhieb, hielten die primitiv gefertigte hölzerne Deichsel, die Querstrebe am oberen Ende diente zugleich als Griff und Steuer.

Auch jetzt waren ihre Gesichter nicht zu erkennen, weil sie wie gestern schon ihre viel zu großen Kapuzen trugen. Dabei schien die Sonne. Wahrscheinlich fanden die beiden das cool, es war ihre Masche, ihr Markenzeichen. Doch ihn irritierte es, gelinde gesagt, dass sie auf diese Weise vollkommen gesichtslos blieben.

Während Tine noch in offensichtlicher Schockstarre verharrte, warf Stefan das ausgesuchte Isolierband in das nächstbeste Fach und stürmte um die zwei Regalzeilen herum zum Ausgang. In der Aufregung warf er sich gegen die Glastür, was ein erschütterndes, dumpfes Poltern verursachte. Die Tür ging natürlich in Gegenrichtung auf, nach innen.

Der Lärm erschreckte die Kinder. Als Stefan die Tür geöffnet hatte und aufs Trottoir trat, suchten die zwei Kapuzenkinder mit ihrem Handwagen bereits das Weite, während Leon sich überrascht zu Stefan umblickte.

Doch das Duo in seinem roten Kapuzenoutfit flüchtete nicht etwa über das Trottoir, sondern überquerte mit seinem ratternden Handwagen die Straße. Glücklicherweise war ein Fahrzeug zunächst nicht in Sicht. Doch sie zogen schnurstracks auch über die Gegenfahrbahn, und im nächsten Moment musste ein weinroter SUV, der wie aus dem Nichts vom Marktplatz her um die Ecke geschossen kam, scharf bremsen.

Leon, von Stefan gehalten, zuckte vor Schreck und Entsetzen am ganzen Körper zusammen.

Der SUV hielt sich jedoch nicht auf. Der Fahrer, ein Mann in seinen Vierzigern mit beigefarbener Basecap auf dem Kopf, fuhr bereits wieder an, kurvte um die zwei Kinder herum, machte in ihre Richtung eine Wischbewegung mit der rechten Hand vor seinem wutroten Gesicht und fuhr weiter.

Der Fahrer hatte völlig recht. Doch diese schier wahnsinnigen zwei Kinder sahen sich nicht einmal nach dem Auto um, das sie um ein Haar überfahren hätte. Sie retteten sich mit seltsam ungelenken, eckigen Bewegungen – infolge des Schreckens, wie Stefan vermutete – auf das Trottoir der anderen Straßenseite. Dabei allerdings stolperte eines von ihnen. Es konnte sich zwar noch im Fallen an der Längsseite des Handwagens festhalten, aber sein rechtes

Knie schlug dennoch böse aufs Pflaster auf. Es rappelte sich jedoch schnell wieder auf, unterstützt von der freien Hand seines Kameraden, und die zwei zogen weiter. Das gestürzte Kind humpelte nun deutlich sichtbar.

Stefan drückte Leon an sich, der vor Aufregung immer noch zitterte. Er verzichtete daher darauf, mit dem Jungen zu schimpfen, weil er ohne Erlaubnis den Laden verlassen hatte und auf die Straße gelaufen war. Vermutlich hatte Leon die Kinder mit dem hölzernen Handwagen gesehen, der ihm als ein interessantes Spielzeug erschienen sein musste, und war unbemerkt hinausgeschlüpft, als die Kundin gegangen oder der neue Kunde den Laden betreten hatte. Was natürlich nur möglich gewesen war, weil Tine ihre Nase lieber in Gebrauchsanleitungen steckte, statt sich um den Jungen zu kümmern.

Er küsste Leon kräftig auf das seidige Haar und wollte mit ihm an der Hand zurück in den Laden gehen. Doch Tine stand bereits in der geöffneten Tür. Sie ging in die Hocke, riss den Jungen förmlich an sich und nahm ihn in den Arm.

»Schimpf bitte nicht mit ihm, Tine. Er hat die fremden Kinder gesehen. Du weißt schon, die beiden, die uns schon gestern verfolgt haben.«

Tine starrte ihn an. Ihr Kinn zitterte. »Ich mit Leon schimpfen? *Du* bist derjenige, der anscheinend den Verstand verloren hat.« Sie kam wieder hoch aus der Hocke und stieß ihm Zeige- und Mittelfinger gegen die Brust.

Was ihn empörte. Das tat richtig weh. »Tine, lass das.« Er schlug ihre Hand weg. »Ich habe soeben unseren Sohn davor bewahrt, vom Auto überfahren zu werden. Während du von drinnen zugesehen hast. Das war kein Traum, Tine.«

»Doch. Und zwar ein Alptraum. So wird ein Schuh draus. Leon wollte nur auf diesen ... diesen Leiterwagen, den Bollerwagen der Kinder krabbeln, weiter nichts. Du musstest ihn nicht retten, indem du gleich die Kinder auf die Straße hetzt. Dadurch hast du alle drei gefährdet. Auch den Kleinen.«

»*Ich* den Kleinen gefährdet?« Er stieß ein Lachen hervor, das keines war. »Dieses verrückte Paar Kinder … Stell dir vor, sie wären mit Leon auf die Fahrbahn. Was dann hätte passieren können.«

Er war einfach erbost. Konnte diese Frau, mit der er ... Konnte sich Tine wirklich nicht vorstellen, dass er Leon womöglich vor einem schrecklichen, vielleicht tödlichen Unfall bewahrt hatte?

Oder wollte sie ganz einfach nicht? Um sich auf billige Weise dafür zu rächen, dass er ihr vorhin am Marktplatz die Wahrheit gesagt hatte. Über ihre Scheinheiligkeit, was ihre Jobkontakte betraf: hier, heute, im Urlaub, am ersten Tag auf Kiirsi.

Aber sicher, darum ging es Tine.

Doch sie wandte sich nun wortlos ab und ging mit Leon an der Hand zurück in den Laden. Stefan folgte ihr nach, noch immer bis in die Haarspitzen erbost und erbittert. Erst jetzt begriff er, dass auch der Verkäufer und der neue Kunde, ein untersetzter älterer Mann mit grauem Vollbart, die Szene durch das Schaufenster beobachtet haben mussten.

Mit erschrockenen Gesichtern sahen sie Leon, seine Mutter und dann auch Stefan an. Er entschied sich, ihre Blicke zu ignorieren, ging zu dem Regalfach, in das er vorhin das ausgesuchte Isoband geworfen hatte, und wollte bereits zur Kasse an der Ladentheke gehen, als er schon wieder Leon spürte, der an seinem Hosenbein zupfte und zu ihm aufsah.

»Was ist denn, Bärchen?«

»Käru.«

»Kä… Känguru meinst du?«

»Käru.«

Plötzlich fingen der Verkäufer und der Kunde im Laden an zu lachen.

Der Verkäufer nickte dem Jungen freundlich zu. »Käru. Jah. Käru.«

Leon sah den Mann erwartungsvoll an und streckte auf einmal den Arm in Richtung Schaufenster aus: »Käru.«

Der Verkäufer, immer noch lächelnd, hob den Blick und sah Stefan an, indem er verständnisvoll mit den Achseln zuckte.

Stefan ging nicht darauf ein und fragte ihn auf Englisch nach einem Smartphone. Der Verkäufer kümmerte sich nun nicht mehr um den anderen Kunden und breitete in Windeseile eine veritable kleine Auswahl unterschiedlicher Modelle auf der Theke aus. Stefan entschied sich nach kurzem Überlegen für ein rustikales Modell, das eher für Rentner gedacht schien, es ging ihm hauptsächlich darum, telefonieren zu können, ohne dass Tine ihn kontrollieren konnte, um seine Telefonate entsprechend zu kommentieren.

Plötzlich zupfte Leon wieder an seinem Hosenbein. »Käru. Käru, Papa.«

Stefan unterließ es, den Jungen ein weiteres Mal zu korrigieren. Es war zwecklos. Aber dass er ihn Papa genannt hatte, rührte ihn plötzlich seltsam an. Ihm wurde schlagartig bewusst, wie selten es eigentlich vorkam, dass Leon ihn so nannte. »Papa« klang für ihn wie ein Wort aus dem Fremdwörterlexikon.

17

Am Marktplatz fuhr der Bus beinahe im selben Moment davon, als sie dort anlangten. Ohne einen einzigen Fahrgast, wie sie noch sehen konnten.

Blieb nur das Taxi, wenn sie nicht eine ganze Stunde warten wollten, bis der nächste Bus fuhr. Dazu hatte auch Tine keine Lust.

Der Taxifahrer, der sie zum Ferienhaus zurückfahren sollte, war ein hübscher Junge, kaum älter als zwanzig. Möglicherweise war er derselbe, der sich vorhin mit dem Undercutmann unterhalten hatte, Tine war sich nicht sicher, und es interessierte sie auch kaum noch. Der Taxifahrer zwinkerte Leon freundlich mit den Augen zu, als er ihnen beim Einsteigen in seinen blitzblanken neuen VW und mit dem Verstauen von Rucksack und Einkaufsbeutel half. Er sprach ein sauberes Englisch und bestätigte auf Tines Nachfrage, dass er Student sei. »Mechanical engineering.«

Irgendwie passte es zu ihm, fand Tine, dass sein Taxi ein Elektrofahrzeug war.

Stefan gab sich unterdessen wie verärgert über die ganze Welt und reagierte kaum auf die freundlichen Versuche des Fahrers, ihn und Tine auf die Schönheiten der Küste aufmerksam zu machen, die malerischen, verborgenen Strandabschnitte, »ideal for small children«. Über den Rückspiegel suchte der hübsche Junge schließlich Tines Blick, um von einem Mönch zu erzählen, der vor Jahrhunderten sein Leben in irgendeiner Felsenhöhle verbracht habe, und von einer verfallenen mittelalterlichen Burg, in der eine finnische Prinzessin jahrzehntelang gefangen gehalten worden sei.

Demonstrativ genervt wandte Stefan ihm den Kopf zu. »Okay. Aber wo ist die Pointe?«

Der Fahrer warf ihm von der Seite einen fragenden Blick zu. »The point?«

»Ja, der Gag?«

Stefan hatte auf Deutsch gefragt, der Fahrer sah frustriert in den Spiegel, um Tines Blick einzufangen. Sie hatte jedoch keine Lust, Stefans Grobheiten zu übersetzen und schaute ausweichend aus dem Fenster, während sie scheinbar gedankenverloren Leons Wange streichelte. Der Taxifahrer hörte auf zu reden und erhöhte das Tempo, auf der Straße kam ihnen nicht ein Fahrzeug entgegen.

Am Ferienhaus angekommen, zahlte Stefan unaufgefordert den gleichen Betrag wie für die Taxifahrt gestern. Keinen Cent mehr.

Tine nahm ihm wortlos die Geldbörse aus der Hand und drückte dem Fahrer betont lapidar einen Schein in die Hand, der den Betrag in etwa verdoppelte. Sie warf Stefan einen warnenden Blick zu, als sie sah, wie er anfing, mit den Kiefern zu mahlen.

Der Fahrer schenkte Tine zum Abschied einen langen Blick und lächelte Leon zu. »Bye-bye, boy.«

Leon winkte sichtlich müde zurück und bewegte die Lippen, ohne dass ein Ton zu hören war.

Nach dem Mittagessen mit Nudeln für Stefan und Tine und warmem Gemüsebrei für Leon saßen sie sich draußen am Gartentisch gegenüber. Tine dachte über die Rollenverteilung zwischen ihr und Stefan nach, über die schon Dirk gelegentlich gelästert hatte. »Du die Mama und im Nebenjob Kulturtante, er der Technikfreak und im Nebenjob Vater. So was von klassisch.« Eigentlich hatte er konventionell oder konservativ oder beides zusammen gemeint. Dirk war eben ein Mensch, der dir die Wahrheit sagen konnte, ohne dich zu verletzen. Im Unterschied zu den meisten anderen Schweifträgern, die sich für Herren der Schöpfung hielten, inklusive Stefan, wenn er seine Tage hatte.

Der Anlass, warum ihr das jetzt wieder in den Sinn gekommen war: Vorhin erst hatte Stefan die Stromleitung neben der Dusche erfolgreich mit dem neuen Isoband ummantelt, während sie Leon auf einer alten Decke aus dem Wohnzimmer, die hoffentlich keimfrei und nicht verfloht war, ins hohe Gras gebettet hatte; unter einem märchenhaft verwilderten Apfelbaum, dessen Schattenteppich von unzähligen winzigen Lichtflecken durchstochen wurde. Leon schlief auf dem Rücken, die Arme angewinkelt, als träumte er, dass süße Äpfelchen in seine Hände fielen.

Sie schwiegen sich an und tranken den russischen Kaffee, den sie ohne Filter aufgebrüht hatte, aus kleinen geblümten Kaffeetassen, denen die Henkel fehlten, als stammten sie aus einem schadhaften Nachlass. (Wahrscheinlich *stammten* sie aus einem schadhaften Nachlass.)

Stefan hatte unterdessen sein neu gekauftes Handy eingerichtet und anscheinend auch schon betriebsbereit gemacht, indem er den alten Chip verwendete. Er legte das plumpe Gerät so vorsichtig auf den Tisch, als könnte es unter seiner Hand explodieren.

Tine schien das nur ein weiterer Beleg für die Spannung, unter der Stefan stand. Ihr war klar, dass er mit Hanna telefonieren wollte. Ungestört. Er war sich scheint's immer noch nicht darüber im Klaren, dass vor allem sie, seine gute, liebe Hanna, Schuld an seiner Misere war. Und damit auch an der von Tine und Leon. Doch jetzt war nicht der passende Moment, um mit Stefan über all das zu reden. Sie würde sich mit der Aussprache noch ein wenig gedulden müssen. Aber lange hielt sie das nicht mehr aus. Es musste sein. Noch in diesem Urlaub. Das war ihre letzte Chance. Denn sein Alltag zu Hause war zu neunzig Prozent durch Hanna in der Firma, zu fünf Prozent durch Hanna nach Feierabend und zu vier Prozent durch Hanna in seinen Gedanken kontaminiert. Das verbliebene eine Prozentchen ließ nur noch Raum für Alltägliches auf dem Niveau von

Abwasch, Einkauf und feuchten Windeln.

Aber die Ereignisse von heute, der Vorfall mit den fremden Kindern in Rugnar, vertrugen keinen Aufschub, das musste jetzt zur Sprache kommen.

»Hör mal, Stefan, die Szene vorhin in Rugnar ...«

Er grunzte sarkastisch. »Du meinst die Szene, die du mir in dem Elektroladen gemacht hast?«

»Erstens, Stefan, war das *vor* dem Laden. Und zweitens habe ich keine Szene gemacht. Sondern du hast sie provoziert.«

»Ich habe provoziert?« Er schlug sich mit der flachen Hand gegen die Brust wie die ewig verfolgte Unschuld und sah sie entrüstet an. »Es waren diese Kinder, die ...« Er schnaubte durch die Nase, verärgert, frustriert, ganz schlecht gespielt. »Die zwei streunenden Kinder, Tine, die dir schon auf der Fähre aufgefallen sind. Die uns am Strand so penetrant beobachtet haben. Die sich gestern Abend zwischen den Büschen am Ferienhaus versteckt haben, um ...«

»Spar dir den Vortrag, Stefan, ich weiß, von wem du sprichst.«

Er kniff die Augen zusammen und beugte sich über den Tisch zu ihr vor. »Und hast du dir, wenn du das alles so genau weißt, auch darüber mal Gedanken gemacht, wie diese Kinder uns heute schon wieder gefunden haben? In Rugnar?«

Sie erschrak. Wie hatten die Kinder sie eigentlich gefunden? Nein, darüber hatte sie in der Tat noch nicht nachgedacht.

Dennoch schien es ihr am besten, am vernünftigsten, die Sache kleinzureden, damit Stefan sich künftig zusammenriss und sich eine solche Szene nicht wiederholte. »Ich denke, es war Zufall«, sagte sie. »Vermutlich wohnen sie in Rugnar. Es sind Ferien, Stefan, sie haben schulfrei, so etwas.«

»Und die Eltern?«

»Haben keine Zeit, keine Lust, sich um die Brut zu kümmern. Nicht meine Sache, Stefan. Und deine auch nicht.«

»Doch, es ist unsere Sache, Tine! Es betrifft uns sogar alle drei. Auch den Kleinen.« Stefan wandte sich halb zu der Stelle im Garten um, wo Leon im Gras schlummerte, und dann wieder Tine zu. »Diese Kinder leben in Rugnar oder in der Nähe, einverstanden. Aber was hatten sie vorher in dieser gottverlassenen Gegend zu suchen? Du hast dich selbst gefragt, was das für Kinder sind, Tine. Ich meine, wissen sie oder ahnen sie zumindest, wo und wie sie eine komische kleine Familie wie uns suchen müssen? Um uns dann zu stalken, oder was?«

»Wieso *komische* Familie?«

Stefan machte eine unwirsche Bewegung mit der Hand. »Streich ›komisch‹. Mir geht's um Folgendes, Tine: Wenn dieses seltsame Duo in seinem affigen Aufzug in Rugnar wohnt und den Tag über nichts Besseres zu tun hat, als an dem zentralen Platz im Ort herumzulungern, mag das noch Zufall sein, wenn sie uns entdecken.«

»Sag ich doch.« Aber sie ahnte bereits, worauf Stefan hinauswollte. Und womit er vermutlich recht haben würde.

»Dass sie uns aber in dem Elektroladen aufgespürt haben, Tine, kann nur heißen, dass sie uns *beobachten*. Und uns gefolgt sind. Sehr geschickt sogar, denn ich habe sie nicht bemerkt. Du etwa?«

Sie sah ihn stumm an. Stefan hatte recht. Die zwei fremden Kinder hatten es aus irgendeinem Grund auf sie abgesehen.

Aber das gab Stefan noch lange kein Recht, sich nun selbst kindisch zu verhalten. Das Problem war seine Unbeherrschtheit. Sie nahm ihn strenger in den Blick. »Mal angenommen, sie beobachten uns wirklich.« Das Gefühl hatte sie, zugegeben, gestern auf dem Rückweg vom Strand auch selbst gehabt. »Dann hast du es vorhin in Rugnar nur schlimmer gemacht.«

Er verzog empört das Gesicht wie ein kleiner Junge, dem man das Sandschippchen wegnahm.

Tine ignorierte das. »Statt ihnen klarzumachen, dass sie uns in Ruhe lassen sollen, wie man das von einem Erwachsenen gegenüber Kindern erwarten darf, hast du sie fortgejagt. Einfach auf die Straße. Herrgott, Stefan, diese Kinder wären beinahe überfahren worden.«

Stefan legte den Kopf ein wenig schief und sah sie herablassend lächelnd an. »Tine, vergisst du nicht eine Winzigkeit, nein? Diese kleinen Gangster in ihrem albernen Gartenzwergaufzug, auf den sie anscheinend so stolz sind, waren drauf und dran, mit unserem Jungen *zu verschwinden*!«

Er lächelte fortgesetzt, es schien ihm Spaß zu machen, ihr Angst einzuflößen.

Ihr Herz begann plötzlich zu rasen, und sie musste von ihrem Stuhl aufstehen. »Ich will nicht mehr darüber reden, Stefan.« Das Reden über diese fremden Kinder beunruhigte sie beinahe so, als stünden sie wirklich geisterhaft hinter den Büschen am Haus, um sie zu beobachten, wie Stefan und sie es gestern zuerst angenommen hatten.

Sie schaute, um sich zu beruhigen, zu Leon hinüber, der noch in der gleichen Position dalag, auf dem Rücken schlafend, im lichtgesprenkelten Schatten des Apfelbaums.

»Wir sollten ihn wecken, Stefan.«

»Aber im Augenblick schläft er doch schön.«

»Lass uns ... einen Spaziergang machen. Hier in der Gegend. Aber nicht zum Strand.« Darauf konnte sie im Moment verzichten.

»Na gut.« Stefan stand ebenfalls auf und trank im Stehen seinen Kaffee aus. »Grässlich.«

»Der russische Kaffee?«

»Der nicht.«

Er steckte sein klobiges neues Handy in die vordere Tasche seiner hellen Baumwollhose, die sich dadurch stark beulte. Es sah irgendwie obszön aus.

»Wollen wir dann?«

Es klang wie eine Aufforderung, gemeinsam den Müll hinauszutragen.

Sie ließ Stefan stehen und ging zu Leon hinüber, um ihn für den Spaziergang zu wecken.

18

Nach dem Gespräch mit Tine, immerhin war es eines, blieb bei Stefan ein Gefühl von Scham zurück. Ihm ging auf, dass nicht er, sondern Tine die Vernünftige von ihnen beiden gegeben hatte. Ob sie wirklich so dachte, wie sie geredet hatte, stand auf einem anderen Blatt.

Entscheidend war aber, dass *er* derjenige gewesen war, der die zwei fremden Kinder zu einer dauerhaften Bedrohung hochstilisiert hatte, die sie unmöglich darstellen konnten. Sie nervten gezielt. Aber sie stellten keine permanente Gefahr dar.

Doch warum hatte er das getan?

Er kannte die Antwort. Weil er im Nachhinein rechtfertigen wollte, dass er in Rugnar überreagiert hatte. Ja, Leon hätte von einem vorbeifahrenden Auto verletzt werden können, wenn er auf die Straße gelaufen wäre. Doch das hatte der Kleine nicht getan. Er war nur im Begriff gewesen, auf den Handwagen dieser Kinder zu klettern, und wenn ihm das nicht gelungen wäre, hätten die beiden ihm vermutlich hinaufgeholfen. Und wäre er, Stefan, nicht mit Gepolter und Getöse aus dem Laden gestürmt, hätten sie mit ihrem Wagen auch nicht auf die Fahrbahn flüchten müssen, um vor ihm sicher zu sein.

Er nahm sich vor, seine Nerven wieder in den Griff zu bekommen. Trotz der Anspannung, weil Hanna sich einfach nicht bei ihm meldete, um ihn auf den neuesten Stand in Sachen ParOp zu bringen. Gab es Angebote? Und was war mit diesem Raiko? Zwei einfache Fragen an Hanna, auf die er doch wohl zeitnah Informationen verlangen durfte. Er gab ihr noch einen Tag – heute –, um sich zu melden.

Trotz seines unterbrochenen Mittagsschlafs war Leon guter Laune. Er plapperte munter, noch während Stefan ihn umzog und für den Spaziergang fertig machte. Leider verstand er wieder mal nur die Hälfte von dem, was der Kleine ihm mitzuteilen hatte. Die Bedeutung von »Hinner, Hinner« war klar. Aber was um Himmels willen wollte Leon mit einem Urlaut wie »käru, käru« ausdrücken?

Der Kleine tapste ein kurzes Stück an Stefans Hand über den Schotterweg, ehe er ihn wieder schulterte. Tine trug den Rucksack mit den Wertsachen und Leons Trinkflasche mit etwas Tee darin. Diesmal gingen sie in der Gegenrichtung auf das Birkenwäldchen zu, das am Ende des Wegs begann.

Als sie es erreichten, entpuppte es sich als eine lichte Ansammlung von Birken und überschaubarem Unterholz. Auf dem moosigen Untergrund ließ sich angenehm gehen, stellten sie fest.

Das kurze Waldstück war rasch durchquert, und dahinter schloss sich eine Art Hochebene mit niederen Bäumen und Büschen an, von der aus sie weit aufs Meer hinaus- und die Küstenlinie entlang bis nach Rugnar schauen konnten. Stefan wurde mit einem Mal klar, dass der Hauptort der Insel sehr viel näher an ihrem Ferienhäuschen lag, als er angenommen hatte. Der Eindruck großer Distanz zu Rugnar entstand allein durch die Straßenführung, die auf halber

Strecke einen weiten Bogen ins Inselinnere machte. Luftlinie war die Entfernung recht kurz. Daher also nahm der Anbieter des Ferienhäuschens auf Travel Pursuit die Chuzpe, zu behaupten, es liege ganz in der Nähe von Rugnar. Sofern der Weg am Strand entlang zugänglich war, konnten sie ihn womöglich nicht mal wegen falscher Angaben haftbar machen.

Stefan schulterte Leon wieder und sie gingen noch ein Stück weiter. Es dauerte nicht lange, als sie etwas entdeckten, das sie schon vom Garten ihres Ferienhäuschens kannten: Die Ebene wurde bucklig, und aus dem Moos ragten Granitflächen heraus, grau und rund wie die Rücken von Buckelwalen.

Stefan setzte Leon wieder ab und half ihm, an seiner Hand auf einen der rauen Granitrücken zu klettern, was ihm erfreulich gut gelang.

Während Stefan die Aussicht auf das geradezu unwirkliche Blau der Ostsee genoss, hörte er den Jungen plötzlich wieder den Laut von sich geben, den er nur zu deutlich verstand, aber hier keineswegs erwartet hätte: »Käru. Käru.«

Stefan holte seinen Blick vom Horizont zurück und sah, dass Leon mit dem Finger auf etwas am Boden deutete. »Käru.«

Tine kam hinzu, und beide beugten sich über die Stelle, auf die Leon wies. Jetzt sahen auch sie die fingerbreiten Linien, die in den grauen Granit geschlagen waren. Sichtbar gemacht durch ochsenblutrote Farbe, die jedoch bereits weitgehend abgeblättert war.

Tine musste nicht lange überlegen. »Das sind Steinzeitmotive.«

Stefan sah sie fragend an. »Oder von den Wikingern?«

»Nein, nein. Steinzeit, ganz klar.«

Leon zeigte weiter lebhaft auf die Stelle. »Käru, käru.«

Tine lachte. »Sieht aus wie ein Schlitten.«

»Und das darüber ...« Stefan deutete auf eine andere Zeichnung im Stein, »sieht für mich aus wie ein Boot. Vielleicht sogar ein Schiff.«

»Käru, käru.«

»Die hat jemand entdeckt und mit Farbe sichtbarer gemacht.« Tine schüttelte verständnislos den Kopf. »Dass so ein Kulturgut nicht besser geschützt wird. Jeder kann darauf herumtrampeln.«

»Käru.«

Stefan erhob sich leicht aus der Hocke, und auf einmal wusste er, was Leon meinte: »Das erinnert ihn an den Wagen! – Stimmt's, Bärchen?« Er beugte sich vor, um Leon anzuschauen.

»Waan.«

»Nein, Wagen, Leon: Wa-gen.«

Tine blinzelte wegen der Sonne und schirmte mit einer Hand die Augen ab. »Was für ein Wagen, Stefan?«

Stefan hob den Blick zu ihr. »Der Handwagen. Der Kinder vor dem Laden in Rugnar.«

Tines Gesicht schien augenblicklich in sich zusammenzufallen. Sie übergab Stefan wortlos den Rucksack und ließ Leon aus der Teeflasche trinken. Dann nahm sie den Jungen bei der Hand und kletterte vorsichtig mit ihm den Granithügel hinunter, um langsam weiterzugehen.

Stefan dachte für eine Sekunde daran, es erneut bei Hanna zu versuchen. Doch genau in diesem Moment drehte sich Tine zu ihm um.

»Kommst du, Stefan?«

Er nickte und lächelte ihr zu. War geradezu dankbar für ihren Zuruf. Weil er ihn davor bewahrte, gegen seinen eigenen frischgebackenen Vorsatz zu verstoßen, Hanna nicht weiter hinterherzutelefonieren. Nicht mehr heute. Das war letztlich eine Frage der Selbstachtung.

Um einen Rückfall zu erschweren, zerrte er das neue Handy aus der Hosentasche und legte es in den Rucksack, schulterte ihn halb und folgte den beiden.

19

Sie waren nicht mehr weit gegangen am Nachmittag. Tine fand das schade, denn sie hätte gerne gewusst, wie sich die Hochheide (falls das der richtige Begriff dafür war) weiter gestaltete.

Aber das war mit Leon nicht zu machen. Weder an der Hand, dafür war er zu langsam, noch auf den Schultern, dafür war er zu schwer. Zumindest auf längeren Strecken war der Kleine ein Hindernis und erst recht auf dieser Hochebene mit ihren tückischen, von Kaninchen oder anderem Getier gegrabenen Löchern unter der dünnen Grasdecke, den Windungen um Findlinge oder Granitblöcke herum und der Schafsscheiße von Heidschnucken, der man ständig ausweichen musste.

So hatten sie bald kehrtgemacht und waren langsam zum Ferienhaus zurückgegangen. Sie konnten von Glück sagen, dass es nicht regnete, denn so konnten sie auch am späten Nachmittag draußen am Haus sein, noch ein wenig mit Leon spielen und anschließend auf der »Mönchsglatze«, wie Stefan immer sagte, zu Abend essen.

Stefan brachte Leon ins Bett, und als Tine sein neues Handy checkte, das er (seltsamerweise) nicht bei sich trug, sondern das sich noch in dem Wanderrucksack befand, gab sie das Passwort ein, das er immer benutzte, auf jedem Gerät: »Friedensreich«, er hielt das für originell. Sofern Stefan den Verlauf nicht gelöscht hatte, woran er aber bei Anrufen gewöhnlich nicht dachte, hatte er wirklich nicht versucht, Hanna zu erreichen. Heute nicht.

Als Stefan zurück aus dem Haus kam, war es beinahe schon dunkel geworden und Tine selbst am Gartentisch weggedämmert. Die Schatten der umgebenden Bäume waren rußgrau, aber unbewegt, da es nahezu windstill war. Das Flurlicht fiel als mondbleiches Rechteck auf die Grasfläche vor dem Haus, die einmal Rasen gewesen sein musste.

Stefan stand vor ihr, die Hände in den Taschen vergraben, anscheinend unschlüssig, ob er sich zu ihr setzen sollte oder nicht. »Wollen wir reingehen, Tine?«

»Nein.« Tine fasste ihn an beiden Armen, zog seine Hände aus den Taschen und legte sie sich auf ihre Brüste.

»Was denn, hier?« Er lachte unsicher. »Und wenn Leon gleich wieder schreit?«

»Mir egal.« Er musste doch spüren, wie ihre Erregung wuchs. »Komm.« Sie ließ seine Hände los und zog ihn an den Hüften zu sich heran. Als sie seinen Gürtel öffnete, zuckte er – überrascht, erschrocken? – für einen Moment zurück. Dann ließ er es sich gefallen und leistete keinen Widerstand mehr.

Der folgende Tag begann stürmisch und dadurch auch früh, weil Leon von dem Rauschen der Bäume und dem Knarren und Knarzen in allen Ecken und Enden des Ferienhäuschens geweckt wurde. Tine stand auf, nahm ihn aus seinem Bett in dieser grausigen Kammer und holte ihn zu sich. Zwischen ihr und Stefan schlief er aber schnell wieder ein. Und er schlief lange.

Beim späten Frühstück im Wohnzimmer sahen sie und Stefan sich lange an. Ob er wenigstens ahnte, dass sie in der Nacht ein Kind gemacht haben konnten? Sie hatte ihre fruchtbaren Tage, das hatte sie ihm schon gestern zu verstehen gegeben, oder nicht? Er musste es ihr auch ohne ihre »Vorwarnung« angemerkt haben.

Stefan griff sich ihr Smartphone und checkte das Wetter. Wenn sie das richtig beobachtet hatte, hatte er sein eigenes Handy heute noch nicht einmal aktiviert, um zu kontrollieren, ob Hanna sich gemeldet hatte. Heute war der Tag, das spürte sie, wo sie über alles reden konnten. Über Hanna.

Stefan hob den Blick vom Display des Smartphones und sah Tine an. »Soll heute stürmisch bleiben. Auch ein wenig Regen ist vorhergesagt.«

»Wie wär's, wenn wir heute nach Rugnar fahren würden? Am Nachmittag, wenn der Wind vielleicht ein bisschen abgenommen hat? Falls nicht, könnten wir in dem Café am Marktplatz ein bisschen abhängen?« Sie strahlte ihn an. Mit dem Gedanken insgeheim, dass sie womöglich wieder schwanger war, ohne dass er es ahnte. Fast fühlte es sich an wie Schadenfreude.

»Okay. Aber wird sich Leon bis dahin nicht langweilen?« Er warf einen skeptischen Blick auf den Jungen, der auf seinem Schoß saß und sich einen letzten Rest Obstbrei von den Lippen leckte.

Unfassbar, dachte Tine, dass dieser kleine Fratz womöglich schon bald ein großer Bruder werden könnte.

Leon wandte seinen Kopf und sah zu Stefan auf. »Hanngneilen.« Tine konnte beinahe körperlich fühlen, welche Anstrengung es Stefan kostete, den Jungen jetzt nicht zu verbessern.

Aus irgendeinem Grund tat sie es selbst. »Lang-weilen, Leon. Magst du es noch mal sagen für mich? Und den Papa?«

Stefan sah sie verblüfft an. Sagte aber nichts.

»Hlang. Nweil.«

Tine beugte sich vor und drückte Leons kleine warme Hand. »Prima, mein Schatz, das war gut.« Sie sah Stefan an, schenkte ihm einen Blick, der sagen sollte: Das wird schon noch werden mit seiner Aussprache.

»Und jetzt, mein Schatz, spielen wir was. Wollen wir einen Turm bauen, mit den Bauklötzen?«

»Hurm.«

Jedenfalls gab Leon sich alle Mühe.

Nach dem Mittagessen rief Stefan die Taxinummer an, die der Fahrer ihm am Tag ihrer Ankunft gegeben hatte. Es dauerte dann noch eine knappe Stunde, ehe das Taxi draußen vorfuhr. Es war derselbe Fahrer, der Schweigsame mit den schönen Halbmondwimpern, in dessen schwarz glänzenden Flusskahn sie einstiegen. Während der Fahrt griffen aggressive Böen hartnäckig immer wieder von der Meerseite her an, so dass der Wagen mitunter böse ins Schlingern kam und der Fahrer hart gegensteuern musste.

Tine war froh, dass sie am Ende heil in Rugnar angekommen waren, wo der Fahrer sie auf ihre Bitte hin an dem zentralen Marktplatz aussteigen ließ, an derselben Stelle, wo gestern der Bus gehalten hatte.

Es war inzwischen kurz vor elf. Der stürmische Wind jagte schmutzig-weiße Wolkenfetzen über den Himmel. Doch Tine hatte Leon vorsorglich mit festen Schuhen, einem gelben Regenmäntelchen und einem leuchtend orangen Mini-Südwester als Kopfbedeckung dagegen gerüstet, und sie war fest entschlossen, sich auch vom Wetter nicht die Laune verderben zu lassen. Stefan, hatte sie den Eindruck, schien es genauso zu gehen wie ihr.

Sie steuerten nun trotz der nickligen Windböen ohne Eile auf das Café zu. Drei alte Männer mit gegerbten Gesichtern

– dieselben, die ihnen schon gestern im Bus aufgefallen waren – saßen ungeachtet des herben Wetters auf der Terrasse vor dem Café, etwas windgeschützt an einem runden Tisch unmittelbar hinter der aufgestellten Anzeigetafel mit den aktuellen Angeboten. Die Alten schenkten Tine und Stefan, besonders aber dem Jungen auf Stefans Schultern, freundliche Blicke, als sie an ihnen vorbeigingen, um durch die offen stehende Glastür der Terrasse und einen Windfang mit federleichtem schwarzen Vorhang das Innere des Cafés zu betreten.

Tine sah sich um. Es war ein großes, helles Café, an zwei Seiten verglast, dessen freundliche Atmosphäre nicht mal durch die farbliche Dominanz von Grün- und Beigetönen (die Tine noch nie gemocht hatte) verdorben wurde.

Die Besucherscharen hielten sich allerdings noch zurück. Außer ihnen befanden sich nur noch zwei Frauen im mittleren Alter im Caféraum, sie saßen an einem Tisch an der hinteren Wand, unter dem großen, leicht vergilbten Porträt eines Mannes, der Ähnlichkeit mit Andersen besaß, dem Märchendichter.

Sie setzten sich an einen Tisch mit bequemen Korbstühlen, direkt an der Fensterfront zum Marktplatz. Tine zog Leon die gelbe Regenjacke aus und den Südwester vom Kopf und hängte die Sachen über die Lehne des noch freien Stuhls; Stefan nahm Leon auf seinen Schoß.

Eine blutjunge Rothaarige mit verschlafenem Gesicht kam mit einem Pad an ihren Tisch und nahm die Bestellung auf. Zwei Milchkaffee. Die Kellnerin deutete mit dem elektronischen Stift in ihrer Hand schlaff auf Leon und zog fragend die Brauen hoch. – Nichts, danke.

Die Bedienung zog gleichmütig davon und kehrte keine drei Minuten später mit den Milchkaffees in riesigen Schalen zurück.

Der Kaffee war köstlich. Tine spürte, wie mit dem heißen Getränk die Entspannung, oder etwas, das sich danach anfühlte, in ihren Körper floss. Unter dem Tisch legte sie eine Hand auf Stefans Oberschenkel.

Doch er achtete nicht auf sie, sondern stierte hinaus. Besorgt? Betroffen? Sie folgte seinem Blick. Die Männer auf der Terrasse hatten sich von einem der Nebentische einen Aschenbecher geholt und rauchten schweigend. Einer von ihnen hob die Hand, um eine alte Frau zu grüßen, die mit einem kompakten kleinen schwarzen Hund an der Leine buchstäblich an der Bäckerei des Orts vorbeischlich. Die Frau blickte stumpf zu den Männern auf der Caféterrasse herüber, ohne den Gruß zu erwidern. Tine erkannte sie wieder, es war die Frau von der Fähre nach Kiirsi. Langsam bewegte sie sich weiter, bis sie aus Tines Blickfeld verschwand.

Das war es wohl kaum, was Stefans Blick gefangenhielt. Er hatte die unangenehme Szene mit dem Hund der alten Frau auf der Fähre komplett verschlafen. Doch er stierte weiter zum Fenster hinaus.

Tine drückte leicht seinen Oberschenkel. »Ist irgendetwas, Stefan?«

»Drüben. Von der anderen Seite des Platzes kommen sie. Direkt auf uns zu.«

Tine wusste sofort, worum es ging, wen er meinte. Sie scannte den Marktplatz wie mit Suchscheinwerfern und hatte sie auch schon entdeckt. Nichts einfacher als das. Das Karree jenseits der Anzeigetafel des Cafés wirkte wie leergefegt. Und die beiden Kinder hatten – was sonst? – wieder ihre roten Mäntel an, die heute natürlich angebrachter waren als an den Vortagen. Und dass sie die Kapuzen tief ins Gesicht gezogen hatten, erschien ebenfalls angemessen, wenn man bedachte, wie eklig manche Windböen sein konnten. Aber dadurch waren ihre Gesichter auch jetzt nicht zu erkennen, und Tine spürte, wie sich ihr Bauch verkrampfte. Sie hatte wie Stefan das Gefühl, dass die Kinder sie hinter dem Panoramafenster erkannt hatten und nun auf sie zusteuerten.

Leon schaute plötzlich auf. »Hinner.« Er wies mit dem Finger zum Marktplatz hin. »Käru.«

Die Kinder zogen wieder ihren Handwagen, dessen Räder über die Kopfsteine des Platzes polterten.

Tine beugte sich zu ihm hin. »Ja, Schatz, Kinder. Mit einem Wagen.« Sie nahm seine Hand mit dem ausgestreckten Finger und legte sie auf den Tisch. »Aber das kümmert uns gar nicht.«

Leon entzog ihr seine Hand. »Hinner.«

Sie schüttelte nachdrücklich den Kopf. »Nein, Leon. Das sind keine guten Kinder. Diese Kinder nicht. Verstanden?«

Leon sah sie schweigend an.

20

Die zwei fremden Kinder zogen wie verlorene Nachzügler einer mittelalterlichen Prozession über den Marktplatz und bogen dann in die Seitenstraße ein, die, wie sie jetzt wussten, unweit der nächsten Kreuzung zu dem Elektroladen führte, vor dem sich der Vorfall gestern ereignet hatte.

Stefan beobachtete das seltsame Gespann, während es mit eigenartig eckigen Bewegungen aus seinem Gesichtsfeld verschwand. Eines von ihnen humpelte noch immer ein wenig, es war, als hätte das andere sich ihm angepasst.

Doch sein eigentliches Interesse galt Tine. Gestern hatte sie das ständige Auftauchen dieser Quälgeister noch als Zufall abgetan. Heute zeigte sie eine für seinen Geschmack absurde Angst: nicht vor dem, was das klettenhafte Duo im Schilde führte, sondern vor ihrem »Wesen« oder dem, was sie dafür hielt.

Ein Beleg dafür, dass sie hier einfach kein Maß fand, war (jedenfalls seiner bescheidenen Ansicht nach), dass sie allen Ernstes versuchte, Leon das Interesse an den fremden Kindern *zu verbieten*.

Er konnte darüber nur den Kopf schütteln. Natürlicherweise interessierte sich ein Kind wie Leon für andere Kinder, selbst wenn sie älter und größer waren – vielleicht sogar gerade deshalb. Selbstverständlich kam es auch für Stefan nicht in Frage, diese Kinder an Leon heranzulassen. Dagegen sprach natürlich ihr Verhalten. Und in ihrer Penetranz gingen ihm diese kleinen Sadisten schlichtweg auf die Nerven.

Doch für heute hatte sich das Problem mit den Kindern in ihren roten Ganzkörperkutten offensichtlich erledigt, bevor es eines hätte werden können. Er ließ seinen Blick noch einmal über den verwaisten Marktplatz wandern. »Die Kinder sind verschwunden, Tine.« Und zum Touristenstalking würden sie nicht extra ins Café kommen. Falls sie überhaupt hereingelassen würden.

Aber Tine brauchte sicher noch eine Extraentwarnung: »Du musst den Kleinen nicht weiter bearbeiten, dass er nicht mit ihnen spielen soll.«

»Bearbeiten?« Tine sah ihn erbost an. »Ich versuche nur, Leon klarzumachen ...« Sie verzerrte ihr Gesicht zu einer weinerlichen Fratze, die Stefan von allen Gesichtsausdrücken, die sie auf Lager hatte, am meisten gegen den Strich ging.

Doch dann stand Tine unvermittelt auf und rückte Leon, der auf Stefans Schoß saß, barsch hin und her wie einen Gegenstand am falschen Platz.

»Wäre schön, wenn du ein Auge auf ihn haben könntest, Stefan. Zwei Augen wären noch besser.«

Sie kramte ein Reisenecessaire aus dem Rucksack, der über ihrer Stuhllehne hing, und strebte beleidigt davon, die Toiletten am hinteren Ende des Raums fest im Blick.

Leon schaute ihr nach. Kaum war die Tür zur Damentoilette hinter ihr zugefallen, fing er an zu weinen.

Fast gleichzeitig klingelte das Telefon in Stefans Hosentasche. Das musste Hanna sein!

Er setzte den schreienden Leon ab und zerrte das Handy aus der Tasche.

»Stefan, hallo.«

»Hi, mein Schöner. Du hattest angerufen. Gibt es einen Grund? – Aber sag mal, ist das etwa Leon, der so brüllt wie am Spieß?«

»Ja, Leon ... Er hat sich wegen etwas erschrocken.«

»Okay. Was hat ihn denn so erschreckt?«

»Ach, es ...« Er zog mit der freien Hand die Teeflasche aus dem Rucksack, klappte mit den Lippen den Verschluss auf und reichte sie Leon. »Wir sind gerade in einem Café in Rugnar, Hanna, du weißt schon, dem Hauptort der ...«

»Klar, weiß ich. Schön dort.«

Dabei war sie nie auf der Insel gewesen, rief sich Stefan in Erinnerung, schluckte das saure Gefühl und eine passende Bemerkung dazu aber hinunter.

»Es gibt hier ein paar Kinder, die ...« Er brach ab. Leon trank nicht aus seiner Teeflasche und wollte auch nicht aufhören zu schreien.

»Stefan, bei dem Lärm, den dein Kleiner macht, versteh ich dich kaum. Ruf mich später wieder an, wenn er sich beruhigt hat.«

»Nein, nein! Warte bitte kurz, Hanna.«

Er presste Leon die Trinkflasche gegen die Lippen und mahnte ihn mit drohend aufgerissenen Augen, endlich zu trinken.

Leon verstand, hob nun folgsam die Flasche mit beiden Händen an und trank. Oder tat, als würde er trinken. In Wahrheit hielt er nur kurz die Flasche an die Lippen, reichte sie achtlos Stefan zurück und spähte dann weiter in

Richtung Damentoilette.

Stefan gab sich für den Augenblick damit zufrieden und verstaute die Teeflasche wieder im Rucksack. Hauptsache, der Junge blieb ruhig. Mit erhobenem Zeigefinger und einem eindringlichen Blick gab Stefan ihm zu verstehen, dass er einen Moment lang hier am Tisch warten und sich still verhalten solle. Zusätzlich entfernte er sich ein paar Schritte, für den Fall, dass Leon dennoch wieder loslegen würde. Dann mochte sich bitte schön Tine um ihn kümmern, die hoffentlich keinen Staatsakt aus ihrem Toilettengang machte.

Er kehrte Leon den Rücken zu, um sich auf Hanna zu konzentrieren, und presste das Handy noch fester ans Ohr. »So, da bin ich wieder, Hanna.«

»Okay. Worum geht's also?«

Sie klang bereits genervt, er kannte sie lange genug, um das herauszuhören.

»Du wolltest mir von ParOp berichten, Hanna. Hattest du vergessen, bevor ich in Urlaub gefahren bin.«

»Habe ich nicht. War einfach keine Zeit. Hattest du sie? Dann müssen wir über deine Arbeitsauslastung reden.«

»Arbeitsauslastung?«

Sie lachte kurz und hart auf. »Scherz. Nein, in Sachen ParOp gibt es nichts Neues.«

»Keine Angebote in der Zwischenzeit?«

»Njet. Nada. Aber eigentlich bist du zuerst am Zug, mein Lieber.«

»Du meinst die Kalibrierung?«

»Allerdings.«

»Die Kalibrierung mache ich nach meinem Urlaub. Das hatten wir doch so vereinbart. Trotzdem können ruhig schon weitere Angebote rausgeschickt werden.«

»Nein. Nein, Stefan!« Hanna klang schon wieder so kategorisch, wie er sie kannte. Zugleich, das musste er sich eingestehen, bewunderte er ihre Art, klare Kante zu zeigen. »Die bisherigen Angebote waren allesamt informell, das weißt du, Stefan. Wir bieten keine halben Sachen an. Ich jedenfalls nicht.«

»Was heißt halbe Sachen? Es fehlt nur noch ...«

»Die Kalibrierung, genau. Und dafür bekommst du von mir jede zusätzliche Unterstützung, die du brauchst.«

Er stutzte. »Ich brauche keine zusätzliche Unterstützung, Hanna, ich komme klar.« Plötzlich wurde ihm bewusst, worauf sie hinauswollte. Den Tanz konnte sie haben: »Ich habe mit diesem Raiko gesprochen, falls du darauf anspielst, Hanna. Dafür bist du mir eine Erklärung schuldig.«

Mindestens fünf Sekunden Stille folgten, ehe Hanna antwortete: »Ich. Bin. Dir. Gar. Nichts. Schuldig, Stefan. Null. Ich führe dieses Unternehmen. Mit genau der Risikobereitschaft, die dir damals gefehlt hat, als es darauf ankam.«

»Was redest du da, Hanna?« Die kalte Wut, die aus ihren Worten sprach, erschreckte ihn. »Mir fehlte nicht die Risikobereitschaft, sondern das Geld, das Kapital.«

»Das Kapital habe ich ebenfalls mit eingebracht, stimmt. Und deshalb bestimme ich, ob und wen ich dir zur Seite stelle, damit aus ParOp – oder irgendeinem anderen Projekt mit Millionenpotenzial – ein Erfolg wird.«

Stefan spürte, wie Eiseskälte von seinen Zehen aufwärts wanderte. Er begann buchstäblich zu frieren, das Handy schien in seiner zitternden Hand zu vibrieren. Besser, er lenkte ein.

»Ich frage mich ... habe mich nur gefragt, was dieser Raiko eigentlich ...?«

»*Dieser Raiko*, mein Schatz, ist Doktor Raiko Anklam, IT-Absolvent der Humboldt in Berlin, Abschlussnote summa cum laude. Er kann dir bei der Kalibrierung helfen. Und soll euer gemeinsames Ergebnis nach außen kommunizieren. Raiko spricht weitere drei Sprachen – *neben* Deutsch und Englisch.«

»Moment, Hanna, was heißt ›nach außen kommunizieren‹ – was meinst du damit? Es ist mein Projekt. Ich vertrete es nach außen.«

»Irrtum, Stefan. Vielleicht ganz gut, wenn das mal auf den Tisch kommt: Das Projekt gehört der Firma. *Meiner* Firma. Wir finanzieren deine Arbeit. Dich. Und damit deine kleine Familie.«

»Lass meine Familie aus dem Spiel. Offiziell sind noch immer wir beide verheiratet.«

»Lass das, Stefan. Ich habe damals wohlweislich Gütertrennung mit dir vereinbart.«

Ja, darauf hatte sie bestanden. Nichts Materielles solle sie binden oder trennen, hatte sie argumentiert. Und er hatte ihr den Quatsch geglaubt. Doch er hatte sich von Anfang an geweigert, Berechnung dahinter zu vermuten. Jetzt allerdings … Die innere Kälte breitete sich unaufhaltsam in seinem Körper aus.

»Stefan? Was ist los?«

Die Frage kam scharf und nicht aus dem Telefon. Er wandte sich um, das Handy gegen die Brust gepresst. Tine stand neben ihrem Stuhl, an dem – zum Glück – noch der Rucksack hing. Dennoch starrte sie ihn vorwurfsvoll an, als warte sie schon seit Stunden darauf, dass er sie wahrnahm.

Er wandte sich wieder halb von ihr ab und hielt das Telefon ans Ohr.

»Stefan! Sag mal …« Tine schien bereits kurz vor der Schnappatmung, nur weil sie nicht gleich seine volle Aufmerksamkeit hatte.

Das Gespräch mit Hanna war damit vorzeitig beendet. Aber sie brauchte nicht zu glauben, dass er ihre neuen Manöver schlucken würde.

»Hanna, ich muss im Moment leider Schluss machen. Aber wir …«

»Sie ruft dich wie ein Schoßhündchen, deine Tine. Ist dir das schon aufgefallen?«

»Es geht dich gar nichts an, Hanna, wie Tine mit mir redet. Oder ich mit ihr. Ich ruf dich später wieder an, damit wir alles klären können.«

»Gibt nichts zu klären. Nicht von meiner Seite. Mach endlich Urlaub, Stefan. Deine Nerven scheinen ihn dringend nötig zu haben.«

Sie war weg.

Noch in der aufkeimenden Wut über ihre letzten Bemerkungen drehte er sich zu Tine um.

Sie starrte ihn noch immer an. Mit einem panischen Gesichtsausdruck.

»Wo ist Leon, Stefan?«

»Was?« Er verstand kein Wort. »Er ist ... Leon ist hier. Hier im ...«

Jetzt begriff er.

Wo war Leon?

Jedenfalls befand er sich nicht mehr in der Habachtstellung in der Nähe des Tischs wie vorhin. Die gelbe Regenjacke und der kleine orange Südwester über der Stuhllehne unterstrichen seine Abwesenheit noch, markierten sie geradezu.

Stefan warf rasch Blicke in alle Richtungen. Von Leon keine Spur. Er sah Tine an, die ihn mit krebsrotem Gesicht anstierte.

»Vielleicht sucht er dich gerade, Tine?«

»Siehst du ihn etwa, was?« Sie schlug wütend die Hände gegen ihre Hüften. »Und auf der Toilette war er auch nicht, falls du das annimmst.«

»Vielleicht ist er aus Versehen zu den Männern?«

»Soll *ich* etwa nachsehen?«

Er lief los, der Schweiß brach ihm am ganzen Körper aus, ihm wurde schlagartig klar, dass der Junge auf der Herrentoilette sein *musste*. Aber das war kein Ort, an dem er allein sein sollte.

21

Als Tine von den Toiletten an ihren Tisch im Café zurückgekehrt war, hatte sie sich nicht als Erstes gefragt, wo Leon steckte, sondern, mit wem Stefan telefonierte.

Im Grunde fragte sie sich nicht einmal das, sondern nur, wie lange Stefan bereits neben dem verwaisten Tresen gestanden hatte, um ungestört zu telefonieren. Ihr war sofort klar gewesen, mit wem er so eifrig redete, und dann, er hatte Tine in seinem Rücken noch nicht bemerkt, sprach er auch ihren Namen aus. Hanna. Selbstverständlich Hanna. Wer sonst als Hanna!

Doch dann fiel ihr Blick auf Leons wetterfeste Sachen, die Regenjacke und den kleinen Südwester, die über der Stuhllehne an ihrem Tisch hingen. Wo war der Junge? Unter dem Tisch – sie schaute nach – oder in Stefans Nähe versteckte er sich jedenfalls nicht.

Während sie sich ringsum im Café nach ihm umsah, auch einen Blick hinter den Tresen warf, ging ihr die Szene vorhin wieder durch den Kopf, vor allem Stefans Bemerkung, die sie zum Kotzen gebracht hatte.

Sie hatte wie bei einem Pawlowschen Reflex Bauchkrämpfe bekommen, nachdem »diese Kinder«, wie Stefan sie lapidar nannte, schon wieder auf der Bildfläche erschienen waren: scheinbar gesichtslos, alterslos, wie Gestalten aus einer düsteren nordischen Sage.

Ein Zufall, was sonst, dass das Duo auch heute wieder zur gleichen Zeit wie sie am Marktplatz aufgetaucht war.

Aber gerade der unwahrscheinliche Zufall ließ das Phänomen in ihren Augen noch unheimlicher erscheinen. Niemals könnte sie Leon erlauben, mit solchen Kindern zu spielen, das sagte ihr einfach ihr Instinkt. Als Mutter. Und sie hätte erwartet, dass Stefan, der sich doch selbst irritiert gezeigt hatte, sie dabei unterstützte, Leon diesen Wunsch auszureden. Der Junge schien ja geradezu fixiert auf die Kinder, seitdem er sie am Strand zum ersten Mal gesehen hatte. Es hatte sie schier sprachlos gemacht, dass Stefan die Mühe, die sie sich gab, damit Leon sich die fremden Kinder aus dem Kopf schlug, als »Bearbeiten« verspottete.

Auf der Toilette hatte sie sich übergeben müssen. Nicht, weil sie schwanger war, das fühlte sie. Sondern weil sie das dringende, nicht abzuweisende Bedürfnis hatte, sich auszukotzen. Stefans gedankenlose Kommentare standen ihr bis zum Hals, buchstäblich.

Aber wo steckte Leon?

Stefan kehrte von den Toiletten zurück.

»Und?« Tine wurde wieder speiübel, diesmal vor Angst, als sie sein bleich verzerrtes Gesicht sah. »Wo ist Leon, Stefan?«

Er zuckte die Achseln und sah ratlos an ihr vorbei zu ihrem Tisch hin, auf den Stuhl, über dessen Lehne Leons Sachen hingen.

Tine warf einen Blick auf das andere Ende des Gastraums. Die beiden Frauen an dem Tisch unter dem »Andersen«-Bild saßen noch wie vorhin und unterhielten sich ruhig, ohne herzuschauen. Leon stand nicht bei ihnen. Tine blickte zum Tresen hinüber, der noch immer unbesetzt war. Dahinter befand sich eine Schwingtür, die den Gastraum von der Küche abtrennte, wie sich an den Töpfen und Tellern in den oberen Regalen erkennen ließ, die von hier aus sichtbar waren.

Sie ließ Stefan stehen, eilte um den Tresen herum, stieß die Flügel der Tür zur Seite und stand mitten in der Küche, einem nahezu quadratischen Raum mit großen Herden, Spülen, Tischen und den mit Geschirr und Töpfen vollen Regalen an den weiß gekachelten Wänden.

Die rothaarige Kellnerin hantierte, anscheinend ohne Tine zu bemerken, an einer großen Maschine, die einem überdimensionalen Samowar glich.

»Hallo? Entschuldigung.«

Die Kellnerin drehte sich überrascht zu Tine um und zog sichtlich verärgert die Augenbrauen zusammen.

»Sprechen Sie Deutsch?«

Die Frau schüttelte ihren rotblonden Schopf.

»English?«

»Jah. Yes.«

»Okay. Our ... our little boy, my son, Leon ...«

»Yes. Okay?« Sie lächelte.

In Tine keimte spontan Hoffnung auf: alles halb so schlimm. »Where is he?« Sie sah sich demonstrativ in der Küche um.

Die Kellnerin schwieg, als verstünde sie nicht, und Tine merkte, wie in ihr etwas zersprang: »Where is my boy?«

Sie hatte die Frau angeschrien, die vor Schreck zusammengefahren war. »Sorry, but ... My son. Please tell me.«

»Daddy?« Die Frau deutete an ihr vorbei in Richtung Schwingtür.

Tine wandte sich um. Dort stand Stefan, mit kalkweißem Gesicht und schweißglänzender Stirn. »Und, Tine? Wo ist er?«

Sie spürte, dass sie kurz davor stand, endgültig die Beherrschung zu verlieren. »Machst du Witze, Stefan? Was soll das heißen, wo ist Leon?« Ihre Stimme hallte kalt von den gekachelten Wänden zurück.

»Tine«, er breitete die Arme wie der sprichwörtliche Unschuldsengel. »Ich weiß es eben nicht. Er ist ... Ich dachte, er wäre zu dir gegangen.«

»Zu *mir*? Ich war auf der Toilette, Stefan.« Um zu kotzen. »Was ist passiert, während du mit Hanna telefoniert hast, Stefan?«

Für einen irrwitzig kurzen Moment genoss sie seine verblüffte Reaktion und wie er sich wand unter ihrem bohrenden Blick. Doch in einer Schicht direkt unter der Haut lauerte bereits wieder ihre Panik.

»Okay, ja.« Stefan zog die Schultern hoch, er wirkte wie ein Schuljunge, der fürchtete, in der Hofpause verprügelt zu werden. »Ich *habe* mit Hanna geredet, nur kurz, ein paar Dinge mit ihr besprochen, es ging um ...«

»Interessiert mich nicht, Stefan, worüber du mit Hanna redest. Was war mit Leon?«

»Er wird ein bisschen herumgewandert sein.«

»Herumgewandert?«

»Ja, im Lokal.«

»Woher weißt du das?«

»Ich nehme es an. Was soll er sonst gemacht haben?«

»Was soll er sonst gemacht haben?« Sie äffte seine aufgesetzte, naive Tour nach. »Das frage ich dich, Stefan!«

Plötzlich trat die Kellnerin zwischen sie. Ihr blasses Gesicht zuckte vor Aufregung, ihr ausgestreckter Arm wies unmissverständlich zur Tür. »Get out! You understand?«

Stefan stieß einen verhaltenen Seufzer aus und nickte diesem Teenie, der nur halb so alt war wie er, auf eine derart verständnistriefende Weise zu, dass es Tine einfach nicht fassen konnte. Und im nächsten Moment spürte sie, wie sich in ihr eine Stimme Bahn brach, mädchenhaft, weinerlich, eine Stimme, die nicht ihre zu sein schien, die sie verabscheute, die aber ihre Stimme *war*: »Leon! Leon-Schatz ...« Sie ignorierte die Kellnerin, die sie entsetzt anstarrte, und schaute sich noch einmal suchend in dem Raum um. »Leon, bitte versteck dich nicht. Das macht mir Angst, Schatz.« Sagte die Stimme.

Stefan trat einen Schritt auf sie zu, die Arme halb vorgestreckt. »Tine, der Kleine ist nicht hier. Das siehst du doch.«

Sie schlug mit voller Wucht seine Arme fort. *»Dann sag mir, wo er ist!* Du wolltest schließlich auf ihn achtgeben.«

»He!« Die Kellnerin sah sich genötigt, in die Hände zu klatschen, um sich Aufmerksamkeit zu verschaffen. »Get. Out!« Sie zeigte, da Tine und Stefan es offensichtlich nicht begreifen wollten, wieder mit dem gestreckten Arm zur

Schwingtür. Ihr wütender Blick schien anzudeuten, dass sie als Nächstes die Polizei rufen würde.

Und vielleicht war das sogar nötig, dachte Tine.

»O Gott, Leon!«

22

Stefan hob beschwichtigend die Arme gegenüber der Bedienung, die ihn und Tine unmissverständlich aus der Küche warf. Er wollte keinen Ärger und flüchtete geradezu hinaus. Außerdem war offensichtlich, dass Leon nicht in der Küche war.

Während Tine mit geballten Fäusten mitten im Raum stehengeblieben war und die junge Kellnerin anstarrte, als wolle sie sie niederschlagen, eilte er zurück in den Gastraum des Cafés. Von Leon war nach wie vor nichts zu sehen. Wahrscheinlich hatte er ein so geniales Versteck gefunden, dass sie mit der Logik von Erwachsenen einfach nicht darauf kamen.

Stefans Blick huschte zu dem Tisch, an dem sie gesessen hatten, und sprang von dort zum Panoramafenster, hinaus auf den Marktplatz. Im Augenwinkel bemerkte er zugleich, wie ein Windstoß den schwarzen Vorhang des Windfangs blähte. Ein Schlitz Terrasse wurde eine Sekunde lang sichtbar.

Ihm wurde plötzlich heiß. Die Glastür hinter dem dunklen Windfang stand immer noch offen, sie war festgestellt.

Wie hatte er daran nicht denken können?

Doch bevor er jetzt kopflos hinausrannte, um Leon draußen vor dem Café zu suchen, wandte er sich wohl besser noch an die beiden Frauen in den leichten Sommerkleidern, die an dem Tisch hinten im Café saßen und redeten.

Sie sahen erstaunt, aber freundlich zu ihm auf, als er sie ansprach.

»Entschuldigen Sie, sprechen Sie Deutsch?«

Die Frauen schüttelten die Köpfe.

»Okay, Leon ... my little son.« Er senkte die Hand, um die Körpergröße des Kleinen anzudeuten.

Die Frauen lächelten. »Da. Da.« War das Russisch? Rumänisch, Bulgarisch? Immerhin schienen sie Englisch zu verstehen, ohne es sprechen zu können.

»My son, did you see him?«

»Syn?« Sie sahen ihn verständnislos an.

Er begriff, dass er so nicht weiterkam. »Sorry.«

Als er sich umwandte, sah er Tine. Sie stand an ihrem Tisch vor dem Panoramafenster, in der Linken hielt sie Leons gelbe Regenjacke, in der Rechten den Südwester. Sie schaute zum Windfang hinüber, dessen schwarzer Vorhang sich wieder leicht im Wind blähte. Sie dachte dasselbe wie er inzwischen, das war offensichtlich.

Er lief zu ihr hin, hätte beinahe den Arm um ihre Taille gelegt, zuckte aber im letzten Moment zurück.

Sie warf ihm über die Schulter einen dunklen Blick zu, in dem sich blanke Panik spiegelte. »Leon muss hinausgelaufen sein. Aber ...« Sie sah durch das Frontfenster zum

Marktplatz hinaus. »Ich sehe ihn nicht auf der Terrasse. Wie kann er so schnell verschwinden?«

Stefan hielt sich nicht mit ihrer Frage auf, sondern eilte zum Eingangsbereich des Cafés und stieß die dünnen Vorhangflügel des Windfangs zur Seite. Draußen vor der offenen Terrassentür starrte er in alle Richtungen. Kein Leon auf der Terrasse, wie Tine schon gesagt hatte. Und auf dem Marktplatz, der sich jenseits der symbolischen Barriere von zwei Angebotstafeln des Cafés nahtlos anschloss? Fußgänger, nicht mal eine Handvoll Leute, die auf Bänken saßen, zu kühl, zu windig. Auf der Ringstraße rund um den Platz natürlich Autos, zwei Taxis, drüben ein Bus, der gerade abfuhr ... Doch in der kurzen Zeit hätte der kleine Kerl unmöglich so weit watscheln können, dass er die Straße erreichte. Oder etwa doch?

Plötzlich konnte er kaum noch atmen bei der Vorstellung, was geschehen könnte, wenn sie ihn nicht bald fanden.

Vom anderen Ende der Terrasse hörte er die drei alten Männer an ihrem Tisch lauthals lachen, wie über einen Witz, den einer von ihnen erzählt hatte. In diesem Moment kam ein junges Paar Anfang zwanzig Arm in Arm auf die Terrasse geschlendert und setzte sich unweit der Männer an den einzigen Tisch, auf dem bereits eine Karte des Cafés lag. Die Windböen, deretwegen die Karte unter einem Aschenbecher festgeklemmt worden war, schien das Paar ebenso wenig zu stören wie die alten Männer.

Stefan lief hinüber und wandte sich an den Alten, der selbst im Sitzen noch seinen knotigen Stock hielt. Sein Lachen und das seiner Kumpel verstummten augenblicklich. Doch ihre gute Laune stand ihnen weiterhin ins Gesicht geschrieben.

»Mein Sohn … my son …« Er setzte ganz einfach darauf, dass sie ihn schon irgendwie verstanden. Wie die beiden Frauen im Café nickten auch sie zuerst. Mit Händen und Füßen versuchte er ihnen klarzumachen, dass er nach seinem Sohn suchte. Der, gegen alle Wahrscheinlichkeit, aus dem Café hinaus auf die Terrasse gelaufen sein musste.

Die Männer nickten. »Jah. Jah.« Auch das verstanden sie offenbar.

Doch sie lächelten noch immer, ihre Laune schien unerschütterlich. Und plötzlich spürte Stefan, während sich seine Fäuste ballten, den Impuls, der kaum zu bezwingen war, diesen drei Alten ihr penetrantes Grinsen aus den roten Visagen zu schlagen.

Die Bedienung erschien am Tisch des jungen Paars nebenan und fragte nach der Bestellung. Sie antworteten in dem Inseldialekt oder einer regionalen Sprache, die ihm nahekam.

Im nächsten Moment stand Tine neben Stefan, in einer Hand Leons wetterfestes Zeug.

Sie fasste Stefan hart am Arm. »Was sagen die Alten?«

»Ich bin nicht sicher, ob sie mich verstehen.«

Tine sah die Männer, dann wieder Stefan scharf an. »Frag sie nach den Kindern.«

»Was?«

»Frag sie nach den beiden Kindern. In den roten Mänteln.«

Stefan begriff nicht im Geringsten, was sie von ihm wollte. »Was haben diese Kinder damit zu tun, Tine? Du hast doch gesehen, dass sie –«

Sie wartete nicht, sondern machte einen Schritt auf die Alten zu. Warf ihnen, durch Gestik und Mimik unterstützt, ihre Frage in gestammeltem Deutsch hin: »Zwei Kinder? Zwei. Mit einem Handwagen. Bollerwagen. Rote Jacken. Zwei Kinder. Hier am Café?«

Für einen Moment glaubte Stefan, Tine habe den Verstand verloren – in jedem Fall stand sie dicht davor.

Doch auf einmal nickten die Männer. Und einer von ihnen zeigte zwei Finger: »Kaks. Jah. Päkapikud.« Die anderen lächelten mild.

»Päka-*was*?« Tine sah sich Hilfe suchend um. Sie fing den Blick der jungen Frau am Nebentisch auf und sprang beinahe auf sie zu. Wäre es nicht um Leon gegangen, hätte man sich glatt für sie schämen müssen.

Tine fasste der Frau sogar an den Ärmel ihrer Bluse. »D'you speak English?«

»Yes. Sure.«

Stefan stellte sich neben Tine, damit sie sich etwas beruhigte. Sie erklärte der jungen Frau in rasendem Tempo und auf dramatische Weise, was geschehen war. Dass Leon verschwunden sei. Dass er vielleicht mit zwei anderen Kindern zusammen fortgegangen war. Dass die alten Männer am Nebentisch diese Kinder mit ihrem Sohn anscheinend gesehen hätten. »They said: Päka-something. What does it mean?«

Die junge Frau stand auf, ging zum Nebentisch und wechselte ein paar Sätze mit den alten Männern. Es ging zu schnell, als dass Stefan auch nur ein Wort verstanden hätte.

Als die Frau sich Tine und ihm wieder zuwandte, lächelte sie genauso wie die Alten, die Tine und Stefan nun aufmerksam musterten.

Tine sah die junge Frau eindringlich an. »What did they say?«

»They say: Don't worry. Your boy is with the elves.«

»*Elves*? Elfen?«

»Yes. Elves.« Das Lächeln der jungen Frau war unsicher geworden. Ihr Freund, der währenddessen aufmerksam am Tisch gesessen, aber geschwiegen hatte, musterte Stefan und Tine dagegen mit kritischem Blick. Als seien *sie* es, die den Verstand verloren hätten. Nicht diese zynischen alten Kerle, die sich darüber lustig machten, dass sie ihren Jungen vermissten.

Elfen. Stefan wandte sich abrupt ab. Sah erneut zu den alten Männern hinüber. Sie grinsten ihn unverhohlen an. Der mit dem Stock beschrieb mit der zittrigen Hand eine Kreisbewegung. Was auch immer das bedeuten mochte. Die junge Frau hatte sich wieder an ihren Tisch gesetzt und ließ sich von ihrem Freund die Karte reichen. Die Sache interessierte sie nicht mehr, die Jungen wie die Alten verbuchten den Vorfall anscheinend unter dem lustigen Label: hysterische Eltern.

Tine packte Stefan plötzlich hart am Ellbogen und zog ihn zu der Terrassentür am Eingang. Dort starrte sie ihm in die Augen, als wollte sie Löcher hineinbrennen. »Hast du gehört, Stefan? Wenn die Alten uns nun sagen wollen, dass sie Leon tatsächlich mit den zwei Kindern gesehen haben?«

Er warf einen Blick zu ihrem Tisch hinüber und sah, dass die Männer inzwischen wieder schweigend rauchten. Man konnte diese Greise wohl kaum ernst nehmen, ganz gleich, was sie behaupteten.

Doch Tine stand verständlicherweise unter Schock. Als er sich ihr wieder zuwenden wollte, wurden sie von hinten scharf angerufen: »He! You!«

Die Stimme der Kellnerin.

Er wandte sich um. Voller Hoffnung, eigentlich schon in derselben Sekunde überzeugt, dass sie Leon im Café gefunden hatte. Unter einem Tisch, den sie übersehen hatten, einem Stuhl, hinter einem Vorhang …

Sie stand kerzengerade in der offenen Eingangstür und rieb Daumen und Zeigefinger gegeneinander. Die Geste war unmissverständlich.

»Ja.«

Ja, er würde bezahlen. So oder so.

Bevor er in das Café eilte, um seine Börse aus dem Rucksack zu holen, der noch an der Stuhllehne hing, blickte er noch einmal zum Marktplatz zurück. Tine war bereits weit vorausgelaufen. Leons Sachen, der gelbe Regenmantel und der orange Südwester, flatterten in ihren Händen wie geschossene Vögel.

Zweiter Teil

1

Tine lief quer über den Platz und rief Leons Namen. Aber von dem Jungen war nicht das Geringste zu sehen.

Sie eilte auf zwei junge Frauen zu, die aus einem Schreibwarengeschäft kamen und lachend, Arm in Arm, den Marktplatz überquerten. Tine streckte ihnen Leons gelbes Mäntelchen und den Südwester entgegen. Die Frauen winkten genervt ab, als wolle sie ihnen die Sachen schenken oder verkaufen, und eilten weiter, fingen wieder an zu lachen und strebten noch schneller der nächsten Seitengasse zu.

Tine zwang sich stehenzubleiben. Ihr Herz raste, und trotz der kühlen Böen brach ihr am ganzen Körper der Schweiß aus. Sie versuchte, ruhiger zu werden und warf einen Blick zurück zum Café am Kopfende des Platzes. Dort saß noch das junge Paar, doch die drei Alten waren fort. Von ihrem Standort mitten auf dem beinahe menschenleeren Marktplatz konnte sie auch in die beiden Straßenarme hineinblicken, die das Café flankierten und in jeweils schräger Linie davon wegführten. Linkerhand war die Straße verkehrsberuhigt, quasi eine Verlängerung des Marktplatzes, doch auch vor der langen, flachen Häuserzeile, die sie noch vollständig einsehen konnte, war Leon nicht zu entdecken. Rechts vom Café begann die Straße, die, wie sie bereits wusste, nach einigen Windungen durch den Ort in gerader Linie zur Inselspitze und noch um einiges davor zu ihrem Ferienhaus führte.

Sie sah Stefan aus dem Café kommen, mit dem Rucksack in der Hand, aber ohne Leon. Er hob einen Arm, um ihr Zeichen zu geben, und eilte in einer Geschwindigkeit, die sie ihm gar nicht zugetraut hätte, auf sie zu. Aber er hatte schließlich allen Grund dazu. Nur weil er es nicht hatte lassen können, mit Hanna zu telefonieren, war Leon jetzt verschwunden.

Als er japsend vor ihr stand, wich sein flackernder Blick ihr aus und floh über den Platz zu den Seitenstraßen. »Im Café ist er definitiv nicht. Ich versteh das nicht. Wie kann er …?«

Seine primitive Hilflosigkeit stieß sie ab, sie musste sich buchstäblich einen Schritt von ihm entfernen. Sie deutete zu der Seitenstraße hinüber, die zu dem Elektrogeschäft führte. »Vielleicht ist er in die Gasse dort hineingelaufen? Wie gestern mit uns.« Der Gedanke kam ihr erst in dieser Sekunde.

»Du meinst, weil er die Kinder vorhin gesehen hat und zu ihnen wollte?«

Tine zuckte die Achseln. »Sie sind mit ihrem Handwagen in diese Gasse gegangen.«

Er schaute in die Richtung und kniff die Brauen zusammen. »Eigentlich zu weit für den Jungen, um es in der kurzen Zeit zu schaffen.«

»Dann sag mir, wo wir stattdessen suchen sollen!«

Er gab ein Schnaufen von sich, und sie liefen los. Durch die Gasse mit den Backsteinhäusern bis zur Kreuzung, dann in die breite Seitenstraße hinein und das kurze Stück bis zum Elektroladen hinunter. Die baumlose Straße war wie gestern kaum befahren, eine freudlose Gasse, gesäumt von Leere und Tristesse, niedergedrückt durch tiefhängende Wolken, grau wie Stahlwolle.

Der Laden hatte geschlossen, wie sich herausstellte. Stefan schaute auf seine Armbanduhr. Halb fünf. »Wieso hat der Laden nicht auf?«

Doch was spielte das für eine Rolle? Leon war nicht darin, das stand somit fest.

Tine sah mit kaum noch zu bändigender Panik, das spürte sie, noch einmal links und rechts die Straße hinunter. Als könnte nur noch ihr suchender Blick bewirken, dass Leon wieder auftauchte.

Auf einmal fühlte sie, wie ihr das Blut aus dem Kopf wich: In England, war ihr plötzlich eingefallen, hatten zwei Kinder vor einigen Jahren ein Baby entführt – und umgebracht. Ihr wurde schlecht. Sie schaffte es gerade noch, sich abzuwenden, ehe eine ätzend saure Fontäne aus ihr herausschoss und an der Ladentür landete. Stefan riss blitzartig den Rucksack von seiner Schulter und fischte zwei, drei Papiertaschentücher heraus, die er ihr reichte.

Sie wischte sich den Mund ab, griff selbst nach dem Rucksack, nahm die Wasserflasche heraus und trank. Währenddessen wurde ihr klar, was zu tun war. Ihre einzige Chance momentan, sofern nicht der Zufall half:

»Wir müssen die Polizei benachrichtigen, Stefan.«

»Ja. Wahrscheinlich.«

»Wahrscheinlich? Ganz sicher sogar. Oder weißt du was Besseres?«

»Wir sollten vorher noch mal im Café nachfragen.«

Tine griff erneut in den Rucksack und zog ihr Smartphone heraus. Die Telefonnummer des Cafés war in Sekundenschnelle gegoogelt – das Netz auf dieser ansonsten verfluchten Insel war phänomenal –, doch diese bescheuerte Bedienung in dem Café nahm einfach nicht ab.

Aus einem Impuls heraus rief Tine die Karten-App auf und warf einen Blick auf ihren augenblicklichen Standort in der Straße. Ihr wurde wieder schlecht, als sie das Ergebnis sah. Sie vergrößerte zitternd den Kartenausschnitt: »Stefan, sieh dir das an. Die Straße führt hinter der nächsten Kreuzung in einem Bogen zum Café zurück.«

Er begriff sofort. Sein Gesicht wurde aschfahl.

Die fremden Kinder, hieß das, konnten auf diesem Umweg zum Café zurückgekehrt sein, ohne dass sie sie bemerkt hätten.

Sie rannten los, und Stefan hatte bald einen Vorsprung von mindestens zwanzig Metern, unmöglich für Tine, ihn einzuholen. Sie ließ ihn rennen und überquerte den Marktplatz bewusst langsam, aufmerksam in alle Richtungen schauend. Inzwischen waren wieder ein paar Fußgänger unterwegs, aber kein Leon.

»Leon.« Ihre Stimme war nur ein bizarres Krächzen.

Weit voraus sah sie Stefan in dem Café verschwinden, dem sie sich nun langsam näherte. Mittlerweile war auch das junge Paar verschwunden, die Terrasse verwaist.

Wenige Sekunden später kam Stefan wieder heraus. Sein herbes Männergesicht war kalkweiß, die dunklen

Augen glänzten kränklich schwarz.

Sie schlug die Hände vor das Gesicht. In dem vollen Bewusstsein, dass sie genau das tat: die Hände vor das Gesicht schlagen, wie in einer Verdopplung der Realität. Als gäbe es außer dieser Welt noch eine weitere, in der sich der Junge vielleicht befand, und zu der nur sie, Tine, Zugang hatte.

2

Stefan aktivierte mit Tines Smartphone die Notrufnummer der Polizei und wurde, nachdem er auf Englisch das Problem geschildert hatte, von einer unbeteiligt wirkenden männlichen Bürokratenstimme an die örtliche Polizei in Rugnar verwiesen. Das Smartphone zeigte ihnen den Weg.

Die Polizeistation befand sich in einer Seitenstraße unweit des Marktplatzes, in einem schmucklosen alten Backsteinkasten. Eine breite Glastür an der Straßenfront führte in ein freundlich ausgeleuchtetes Foyer, von dem ein grellgelb beleuchteter Flur abzweigte, der am Ende in ein großes helles Büro mündete, dessen Tür weit offen stand. Jenseits einer hüfthohen Theke saßen zwei Beamte in marineblauen Uniformen an weißen Computerschreibtischen, eine brünette, etwa dreißigjährige Polizistin mit einem schmalen, länglichen Gesicht und ihr beinahe doppelt so alt wirkender, glatzköpfiger Kollege.

Die Polizistin sah auf, ohne ihre flinken Finger zu stoppen, die mit unglaublicher Geschwindigkeit über das Keyboard ihres Rechners rasten. Ihr Kollege, dessen Schreibtisch der Besuchertheke frontal gegenüber platziert war, stand dagegen auf, als er Tine und Stefan sah, und entpuppte sich als ein baumlanger Kerl. Er riss einen Zettel von einem Notizblock, griff nach einem Kugelschreiber und kam mit großen wiegenden Schritten auf sie zu.

Der Polizist grüßte in seiner Sprache und sah Stefan und Tine erwartungsvoll an. Auf einem kleinen Plastikschild an der Brusttasche seines Uniformhemds stand sein Name: Raadik, zumindest ging Stefan davon aus, dass dies seinen Namen bezeichnete.

Aus irgendeinem Grund hatte Stefan erwartet, dass der Polizist bereits Bescheid wisse. Dass seine dramatische Schilderung selbst eine so mechanische Seele wie die der Notrufstimme, die er vorhin angerufen hatte, die örtliche Polizei von Rugnar in Alarmbereitschaft versetzt hätte, statt sich darauf zu verlassen, dass er mit Tine den Weg dorthin schon finden werde.

Doch das war offensichtlich nicht der Fall. Stattdessen sah der Beamte sie beide mit irritierend farblosen Augen – als läge ein milchiger Schleier über der Iris – an und wartete mit höflichem Gesichtsausdruck darauf, dass sie ihr Anliegen vorbrachten wie Bürger in einer Ratsversammlung.

Stefan öffnete bereits die Lippen. Doch Tine kam ihm zuvor. In einem Stakkato, das er in dieser Lautstärke noch nicht von ihr gehört hatte, fiel ihre Stimme über den Beamten her. Sie sprach englisch, kam jedoch nur zwei Sätze weit, weil der Polizist seine Hand leicht anhob, um sie mit einem Lächeln zu stoppen: »Entschuldigen, mein Englisch ist nicht gut.« Er tippte mit einem Finger an seine Brusttasche. »Raadik. Ist mein Name. Was kann ich für Sie tun?«

Tine stieß einen Ton hervor, der mehr nach einem verzweifelten Lachen als nach Überraschung klang. »Sie sprechen ja Deutsch!«

Der Mann legte den Kopf schief wie ein schlechter Schauspieler, der falsche Bescheidenheit mimt, fand Stefan. »Tja, gelernt ist gelernt. Meine Mutter war Deutschbaltin. Sie verstehn. Ich bin ein spätes ... wie sagt man, Nachfahr.«

Im Hintergrund stoppte die Polizistin auf einmal ihr Tippen, stand abrupt auf und verließ den Raum durch eine Schiebetür, die Stefan erst jetzt auffiel.

Der Polizist kümmerte sich nicht darum. Kostete stattdessen die überraschten (in Wahrheit verzweifelten) Gesichter seines unverhofften Besuchs aus Deutschland aus: »Ich kenne sogar altes deutschbaltisches Gedicht von mein Mutter.« Er fing ernsthaft an zu rezitieren: »Er wragt': ›Wo ast tas Krimskrams er, was nun thust plarren tu?‹ – Tu selbst thust plarren, krobe Pär! Tacht' ich und sagte nu ...« Er rollte mit den Augen, schien zu überlegen, wie es weiterging, und gab dann auf. »Na, und so weiter.« Die Nebel auf seinen farblosen Augen lichteten sich für einen Moment. »Gibt es auch meloodia dazu. Aber nur alten Leute kennen das noch. Ich nicht.« Er lächelte, als müsse er dafür um Verzeihung bitten.

Tine starrte den Mann fassungslos an. Das Groteske der Situation schien ihr plötzlich die Sprache verschlagen zu haben.

Stefan warf zur Sicherheit noch mal einen Blick auf das Namensschild des Polizisten: »Herr Raadik, uns ist etwas Schreckliches passiert. Unser Sohn ist verschwunden.«

Das Lächeln des Polizisten erstarb, und er runzelte die Stirn. »Verschwunden? Wie meinen Sie?«

»Verschwunden eben. Weg.« Tine starrte den Beamten an wie einen Schwachsinnigen, Stefan legte rasch eine Hand auf ihren Arm, und Tine stieß den Atem aus, um sich in den Griff zu bekommen. »Er wurde entführt«, schob sie in ruhigerem Ton nach.

Der Polizist Raadik wirkte überrascht, aber nicht sonderlich beeindruckt. »Ei. Nein, bestimmt nicht entführt.«

Stefan war keineswegs sicher, dass der Mann begriff, worum es hier ging. »Verstehen Sie, was wir Ihnen sagen wollen?«

»Jah, jah. Ja, sicher, verstehe ich. Aber ...« Er hob unbestimmt die Schultern.

»Es ist gerade mal eine halbe Stunde her«, sagte Stefan. »Vorhin in dem Café am Marktplatz.«

»Jah, jah.«

»Unser Sohn ...«

»Er heißt Leon«, schaltete sich Tine wieder ein. »Der Junge war plötzlich verschwunden.«

»Leon.« Der Polizist hob geradezu verzückt die Brauen. »Schöner Name. Wie alt Ihr Sohn ist er?«

»Zwei.« Tine begann heftig zu schluchzen. »Zweieinhalb.«

»Und Ihr Sohn, er kann laufen?«

Stefan verstand den Sinn der Frage nicht. »Laufen?«

»Ja, kann er laufen, Ihr Sohn? Eigenes Laufen, ganz normal?«

»Aber ja, er kann laufen!« Tine explodierte beinahe wieder. »Leon ist nicht behindert, er ...«

Der Polizist hob beschwichtigend die Hände. »Jah, jah. Ich will sagen, kann er selber weglaufen, sicher. Aber entführt?« Er verzog das Gesicht. »Wissen Sie, bei uns auf Kiirsi? Ei, ei. Nein.«

Stefan klatschte mit der flachen Hand auf die Theke, heftiger als gewollt. »Herr ... Raadik, wir waren nur ganz kurz unaufmerksam und –«

»Wir? Du hast nicht aufgepasst!«

Tine war ihm schroff ins Wort gefallen. Stefan lenkte ein, ohne sie anzusehen. Streit vor dem Polizeibeamten war das Letzte, was sie im Augenblick gebrauchen konnten. »Eine halbe Minute vielleicht habe ich ihn aus den Augen verloren. Höchstens.«

»Es waren diese Kinder, die unseren Leon mitgenommen haben. Gäste auf der Caféterrasse, drei alte Männer, haben sie anscheinend auch gesehen, aber die machen sich nur lustig über uns. Es sind zwei Kinder. Wir haben sie schon gestern am Strand gesehen, wo sie Leon beobachtet haben.«

Der Polizist sah sich auf einmal wie Hilfe suchend um. Falls er auf die Rückkehr seiner jungen Kollegin hoffte, so ließ die ihn im Stich. Er wandte sich Tine zu. »Zwei Kinder, ja? Junge, Mädchen? Wie Alter?«

Stefan erklärte ihm, dass sie die Kinder eher vage auf etwa acht oder neun Jahre schätzten, da ihre Gesichter nicht zu erkennen gewesen seien. »Durch Kapuzen.«

Raadik legte die Stirn in tiefe Falten. »Kapuutsid?« Er sah inzwischen mehr besorgt als begriffsstutzig aus.

Stefan machte mit der Hand Wischbewegungen vor seinem Gesicht. »Sie waren quasi vermummt, verstehen Sie?«

Raadik straffte seinen Rücken und blickte von Stefan zu Tine und wieder zu Stefan.

Tine starrte ihn an. »Sie kümmern sich doch auch um ... Kriminalität, oder nicht?«

Raadiks hohe Gestalt versteifte sich. »Jah, Kriminalität. Sicher.«

Tine beugte sich weit vor, ihr Gesicht wuchs förmlich über den Tresen. »Unser Sohn, mein Junge wurde entführt. Von einer kriminellen Kinderbande.«

»Kinder? Jah. Aber kriminal? Ei.« Raadik schüttelte den Kopf.

Stefan hielt es nicht mehr aus, bei diesem Provinzler waren sie an der falschen Adresse: »Wer von Ihren Kollegen ist denn eigentlich zuständig für ... für so etwas?«

Raadik drehte halb den Kopf. »Es gibt heute noch Leena. Andere Kollegen sind fest an Land. Aber mal Ruhe, Herrschaft.« Er hob wieder beschwichtigend die Hände. »Ist Ihr Kind noch nicht lange verschwunden?«

Stefan brauchte zwei Sekunden, um zu begreifen, dass Raadik sie danach fragte – endlich konkret fragte –, wie lange Leon bereits verschwunden sei. Er schaute auf seine Armbanduhr, um nichts Falsches anzugeben, und sah dabei Tine an, deren Kopf leicht zu zittern schien. »Eine halbe Stunde, wie gesagt, ist er jetzt fort.«

»Und Sie sagen, Ihr Sohn, wahrscheinlich spielt er mit denen zwei Kinder?«

Tine klatschte wütend ihre Hände auf den Tresen. »Nein. Leon spielt nicht mit diesen Kindern.«

»Aber bringen die Kinder ihn sicher wieder zu Ihnen. Das ist normal. Meine Kinder, sie spielen auch hier, da, dort, überhaupt.« Raadik deutete ein Lächeln an. »Es sind Kinder.«

»Diese Kinder sind anders!« Tine hatte jedes einzelne Wort betont.

»Aber kriminal? Ei.« Der Polizist verzog schmerzhaft das Gesicht.

Was für ein mieses Schauspiel, fand Stefan. Er griff entnervt nach Tines Hand und zog sie ein paar Schritte von der Theke fort, während er dem verwundert tuenden Polizisten ein überlautes »Moment mal, bitte!« zurief, beinahe so, als befänden sie sich bereits in einem Nebenraum.

Er hielt Tines kalte, feuchte Hand weiter fest in seinem Griff und kam ihrem Gesicht ganz nah. »Tine, der Mann will Geld sehen.«

»Geld?« Sie riss die Augen auf. »Von uns?«

»Ja. Hanna hat vor unserem Urlaub mal so eine Bemerkung gemacht, dass das mancherorts quasi mit eingepreist ist. Schmiere, verstehst du?«

»Hanna?« Tine entriss ihm ihre Hand, ihre Lippen zitterten.

»Jetzt reg dich nicht auf, Tine. Bitte.« Er versuchte sich an dem Kunststück, zugleich eindringlich und gedämpft zu sprechen: »Es geht hier nicht um Hanna. Sondern um Leon. Hanna hat nur gemeint, dass man hin und wieder eben nachhelfen muss. Sonst nehmen die einen nicht ernst. Schau ihn dir doch an.« Seine Augen deuteten verstohlen auf Raadik, der hinter der Theke geduldig lächelnd auf sie zu warten schien. »Der Mann will doch sehr offensichtlich etwas von uns.«

Stefan war der Gedanke bereits gekommen, als Raadiks junge Kollegin demonstrativ den Raum verlassen hatte, sobald feststand, dass sie ausländische Touristen waren. Und obwohl dieser Polizist, Raadik, Deutsch verstand und es sogar recht gut sprach, war es in der Folge doch, als redeten sie auf ein krankes Pferd ein, damit der Mann etwas unternahm.

Außerdem fühlte er sich nach seinem Fehler im Café – Tine würde ihm das auf Jahre hinaus nachtragen – nicht in der moralischen Position des Zauderers, wenn es galt, die Dinge auf ein Höchstmaß zu beschleunigen. Er wollte nur seinen Jungen zurück, genau wie Tine. Und dieser Polizist wollte offensichtlich seinen Preis.

Er sah Tine an. »Ich regle das.«

»Ich weiß nicht, Stefan.«

»Aber ich.« Zumal sie wohl nur deshalb zögerte, weil er Hanna erwähnt hatte. Deren Erfolg schließlich darauf gründete, dass sie entscheidungsstark war und in schwierigen Situationen auch ungewöhnliche Maßnahmen nicht scheute.

Er zog seine Börse aus der Tasche, ein winziges Portemonnaie aus schwarzem Ziegenleder, kleiner als eine Computermaus, und machte drei harte Schritte zurück zu Raadik hinter seiner Besuchertheke. »Herr Raadik …« Er zog möglichst unspektakulär zwei Fünfziger aus dem Portmonee. »Für Sie. Für die Kaffeekasse, von mir aus. Mehr habe ich im Augenblick nicht in der Tasche. Als kleine Unterstützung, wenn Sie uns helfen! Hier, bitte, nehmen Sie.« Er legte die Scheine auf den Tisch. Diskretion war hier ja überflüssig, da die Kollegin immer noch durch Abwesenheit auffiel.

Er konnte dem Polizisten förmlich dabei zusehen, wie seine Augen erstarrten und einen kalten Ausdruck annahmen: farbloses Eis.

»Sie ... wollen Sie mir ...« Raadiks Stimme vibrierte, er musste sich räuspern, um weitersprechen zu können. »Wissen Sie! Ich bin nicht reich. Aber ich habe Ehre in Leib. Fragen Sie Rugnar, ganze Kiirsi!« Er trat einen Schritt zurück, ohne Stefan aus seinem empörten Blick zu entlassen. Die zwei Geldscheine auf der Theke, das Bestechungsgeld, sah er nicht eine Sekunde lang mehr an.

Stefans Knie gaben nach, er legte seine Hände auf die Theke, wie um sich daran festzuhalten. Er knüllte die Scheine zusammen und schob sie sich zusammen mit dem Portemonnaie in die Hosentasche. »Herr Raadik, das ist anscheinend ein Missverständnis.«

Raadiks Gesicht wirkte steif wie das einer Heldenstatue, als er einen Schritt zurück zur Theke tat und nicht etwa

Stefan, sondern Tine, die plötzlich wieder neben ihm stand, Zettel und Kugelschreiber hinlegte, die er die ganze Zeit in der Hand gehalten hatte.

Tine öffnete die Lippen, um vermutlich das Schlimmste noch zu verhindern. Doch der Polizist hob unmissverständlich die Hand: »Wo du Feuer machst, wächst kein Gras mehr. Kennen Sie das Sprichwort nicht?«

Die Katastrophe war eingetreten. Stefan wurde beinahe schwarz vor Augen. »Herr Raadik. Ein Missverständnis. Wir dachten –«

Tines Gesicht schoss zu ihm herum: »*Du* dachtest!«

Raadik tippte mit dem Zeigefinger auf den Zettel, den er Tine hingelegt hatte. »Ihre Telefonnummer und Ihren Namen, bitte.«

Tine griff nach dem Kugelschreiber und kratzte die Angaben aufs Papier. Doch plötzlich strich sie ihre Handynummer wieder durch und schrieb sie erneut. Diesmal falsch, die letzten zwei Ziffern waren vertauscht. Stefan wollte ihr bereits den Stift aus der Hand nehmen, um die Ziffern zu korrigieren, aber sie wehrte seine ausgestreckte Hand entrüstet ab und gab Raadik den Kugelschreiber zurück.

Raadik sah nur noch Tine an. »Sie suchen weiter Ihr Sohn. Ich melde bei Ihnen.« Er streckte seinen Hals, als zöge jemand seine Nackenhaare gen Himmel. »Hüvasti.«

»Wie bitte?« Stefan fasste es ja nicht, wie der Mann sie behandelte. »Hören Sie, das ist ein Notfall!«

»Stefan!« Tine sah ihn wütend an.

»Mine! Gehen Sie jetzt.« Raadik drehte sich um und stakste steif zu seinem Schreibtisch zurück.

Stefan wandte sich an Tine. »Die Telefonnummer, Tine, die du ihm aufgeschrieben hast –«

»Sei. Still. Stefan!« Sie sah demonstrativ an ihm vorbei und wandte sich an Raadik, der sich inzwischen hinter seinem Computer verschanzt hatte. »Bitte, helfen Sie uns, Herr Raadik. Bitte!«

Raadik hob den Kopf und sah sie – sie beide, Tine und Stefan – ausdruckslos an. »Auf Wiedersehen.«

Tine zögerte keine Sekunde mehr und stieß Stefan ihre Faust in die Seite. »Los, komm.« Sie eilte voraus, er hinterher, was blieb ihm anderes übrig.

Doch kaum befanden sie sich in dem hellen Flur, noch immer menschenleer und sämtliche Türen geschlossen, schoss Tine zu ihm herum, ihre Gesichtszüge verzerrt vor Wut: »War klar, dass du es versauen würdest, Stefan. Und sag auch Hanna schönen Dank für ihren Tipp. Dieser Polizist war unsere einzige Chance.«

»Tine.« Sie lief bereits wieder voraus. »Hör doch: Die Telefonnummer, die du ihm gegeben hast …« Doch sie hatte bereits die Glastür im Foyer wütend aufgestoßen und verließ das Gebäude.

Stefan blickte über die Schulter zurück durch die offene Bürotür. Raadik saß an seinem Schreibtisch, als wäre nichts geschehen, er nahm seelenruhig den Hörer in die Hand und ignorierte Stefans Blick. Business as usual hieß das Theaterstück, das hier aufgeführt wurde.

Er überlegte, ob es klug wäre, wieder hineinzugehen und die Telefonnummer zu korrigieren. Er entschied sich dagegen. Falsch oder richtig, Raadik würde nur Tines Angaben akzeptieren. Aber diesen Fehler hatte sie selbst zu verantworten.

Die schmale Tür zum Nebenraum des Büros wurde geöffnet, und Raadiks junge Kollegin kam herein. Sie baute sich frontal vor seinem Schreibtisch auf, mit dem Rücken zur Flurtür, ein mehr als eindeutiges Zeichen für Stefan.

Er wandte sich ab und eilte durch den Flur hinaus, um Tine zu folgen.

3

Tine kümmerte es nicht mehr, was Stefan dachte, plante oder tat. Denn am Ende dachte, plante oder tat er ohnehin nur, was Hanna wollte. Er war ihr ausführendes Organ, weiter nichts.

Sie stürmte voran die Straße hinunter, wollte zurück zum Marktplatz. Dort hatten sie Leon verloren, dort musste sie die Suche nach ihm wieder aufnehmen.

Leichter Regen setzte wieder ein, zwei Passanten, die ihr entgegenkamen, duckten sich gemeinsam unter einen riesigen Regenschirm, und sie dachte mit Entsetzen daran, dass Leon über seiner hellen Jeans nur eines der dünnen hellblauen T-Shirts trug, die sie im Frühjahr günstig im Bio-Supermarkt gekauft hatte. Gute Ware, aber sie hatte sich anscheinend nicht verkauft, weil die Shirts einfarbig, ohne ein Bildmotiv, ganz ohne Schnickschnack waren. Leons Kleidung – helle Hose, blaues T-Shirt – war daher so unauffällig, dass es kaum lohnte, sie bei der Suche Fremden gegenüber zu beschreiben. Sie konnte ein Foto auf ihrem Smartphone zeigen, aber ob das wirklich half? Für sie war das ihr Leon, unverwechselbar, aber für Fremde sicher nur ein Kindergesicht wie viele andere.

»Tine!« Stefan rief ihr hinterher. Sie drehte sich nicht mal nach ihm um, sondern lief weiter, so schnell sie konnte.

»Tine!« Sie hörte seine schnellen Schritte über das regenfeuchte Pflaster klatschen. Er holte sie rasch ein und berührte sie am Arm. »Tine, es tut mir leid, wie das eben gelaufen ist.«

Sie schlug ihm die Hand fort.

Jetzt wurde er wütend: »Fuck, Tine! Du kannst gerne auf mich eindreschen, wenn wir Leon gefunden haben. Aber mach es bis dahin nicht noch schlimmer. Ich will nur, dass wir Leon finden. Genau wie du. Und ich muss dir was sagen.«

Vor dem Schaufenster eines Schuhgeschäfts blieb sie stehen, schnaufte ein paarmal durch und drehte sich zu ihm um. »Okay, Laufbursche.«

»Laufbursche? Tine, was –?«

»Halt die Klappe.« Die Wahrheit verträgst du eh nicht. »Was willst du mir also sagen?«

»Tine, du ...« Seine Kiefermuskeln arbeiteten sichtlich hart, um das zu schlucken. »Du hast dem Polizisten eine falsche Telefonnummer gegeben. Die beiden letzten Ziffern waren verkehrtherum geschrieben.«

»Wie bitte? Das sagst du mir erst jetzt?«

»Ich habe versucht, es dir zu sagen, Tine. Unmöglich.«

Sein selbstgerechtes Gesicht, das er dazu aufsetzte, war unerträglich für sie. »Okay, Stefan, mein Fehler. Das willst du doch sagen, oder?«

Er hob abwehrend die Hände. »Nein, Tine. Ich will Leon finden. Das ist verdammt noch mal alles. Wenn der Polizist, dieser Raadik, unsere Nummer nicht hat, kann er uns natürlich auch nicht erreichen.«

»Und du denkst ...« Sie stieß ein bitteres, abfälliges Lachen hervor. »Du denkst ernsthaft, dieser Polizist, Raadik, wird noch einen Finger für uns krumm machen? Nachdem du versucht hast, ihn zu bestechen? Einen Mann, dem jeder Idiot ansieht, dass der nicht auf Geld aus ist – wie hat er gesagt: dass er Ehre im Leib hat?«

Stefan schwieg und trat einen Schritt zur Seite, um zwei junge Männer auf dem Trottoir vorbeizulassen, die breitbeinig übers nasse Pflaster marschierten.

»Lass uns Raadik wenigstens noch mal anrufen, Tine. Ihm die korrekte Nummer durchgeben. Er muss uns helfen. Ob er will oder nicht.«

Sie sah sofort ein, dass Stefan recht hatte. Es ging um Leon, da musste jede Empfindlichkeit zurückstehen. Sie zog ihr Smartphone aus dem Rucksack, rief im Netz die Telefonnummer der Polizeistation auf und wählte. Eine Frau nahm ab, Tine vermutete die Stimme der jungen Polizistin. Sie bat darum, mit ihrem Kollegen sprechen zu können. Erst als die Polizistin sie auf Englisch bat, englisch oder russisch mit ihr zu sprechen, falls sie die Landessprache nicht beherrsche, wurde Tine bewusst, dass sie sie auf Deutsch angesprochen hatte.

»Herr – Mister Raadik, please.«

»Not possible at the moment.«

»Nicht möglich? Sorry: not possible? Why?«

»Very busy.« Die Frau ließ nicht mal eine Sekunde verstreichen, ehe sie das Gespräch beendete: »Please call us later. Thank you.«

Tine stierte auf ihr Smartphone.

»Was ist?« Stefan berührte sie am Ellbogen. »Was sagt er, Raadik?«

Sie hob den Blick und sah in Stefans vom Sprühregen feuchtes Gesicht. Er sah aus, als hätte er die halbe Nacht geheult und sich die Tränen ins Gesicht gewischt.

»Raadik ist nicht zu erreichen. Behauptet seine Kollegin. Busy.«

»Busy?«

»Ja, angeblich.«

»Vielleicht ... wegen Leon?«

Sie dachte kurz darüber nach. »Nein. Sie hat mich abgewimmelt. Ich wette, er saß an seinem Schreibtisch.« Sie sah Stefan direkt in die Augen. »Das haben wir dir zu verdanken. Und deiner Hundeliebe zu Hanna!«

Sie las an seinem verärgerten Gesicht ab, was er dachte: Lass Hanna aus dem Spiel! Aber er selbst hatte sie hineingebracht. Oder etwa nicht?

Plötzlich verlangte er das Telefon von ihr, und sie überließ es ihm. Er schützte es mit einer Hand vor dem Regen, mit dem Daumen der anderen fuhr er blitzschnell über das Display.

Dann zeigte er ihr eine Telefonnummer. Sie war überrascht. »Die Deutsche Botschaft?«

»Ja, die Notfallnummer hier im Land. Die können sicher Druck machen, dass man uns hilft. Wenn die Polizei uns hier auflaufen lässt.«

Er aktivierte bereits die Nummer, doch sie entriss ihm das Telefon. Er war sichtlich verblüfft.

»Das mache ich.« Sie konnten es sich nicht leisten, dass er sich schon wieder im Ton vergriff und auch diesen Strohhalm knickte.

Es klingelte noch zweimal, dann wurde abgehoben.

»Deutsche Botschaft, guten Tag. Mein Name ist Ines zur Lippe, was kann ich für Sie tun?« Die helle, nach Automatenmodus klingende Stimme einer jungen Frau.

Tine spürte mit einem Mal, wie aufgeregt sie war. Stefan hatte sich trotzig abgewandt, die Hände in den Hosentaschen. Alles hing davon ab, dass sie jetzt den richtigen Ton traf. »Ja, Schüller. Christine Schüller. Es ist – ich bin mit der Notfallnummer verbunden, richtig?

»Mit der Notfallnummer unserer Botschaft, richtig, Frau ... Schüller war der Name, ja?«

»Ja. Richtig. Ich weiß gar nicht ...« Tine verschlug es im wahrsten Sinne die Sprache. Doch als Stefan sich umwandte und ihr mit einer Geste anbot, für sie weiterzusprechen, fing sie sich wieder. »Es ist – uns ist etwas Schreckliches passiert. Unser Sohn, Leon, er ist heute Nachmittag ...«

»Verzeihen Sie, Frau Schüller, wenn ich unterbreche, aber darf ich Sie, bevor Sie weiterreden, noch um eine kurze Auskunft bitten? Das ist leider Vorschrift.«

»In Ordnung.« Gegen Vorschriften war scheint's kein Kraut gewachsen. Nicht mal im Notfall.

»Danke. Also, Sie und Ihre Familie sind deutsche Staatsbürger?«

»Ja.«

»Und Sie sind als Touristen im Land unterwegs?«

»Ja. Wir machen ... wir sind hier in Rugnar. Auf Kiirsi. Der Insel weit draußen.«

»Verstehe.«

»Unser Sohn, er ist ...« Tine fing plötzlich an zu schluchzen. Am Telefon musste es sich wie ein heftiger Schluckauf anhören, sie konnte nichts dagegen tun. Stefan zog besorgt die Brauen hoch.

»Frau Schüller?«

»Ja, Entschuldigung.« Sie fasste sich wieder, bekam das Schluchzen in den Griff. »Ich wollte sagen, dass unser kleiner Sohn plötzlich verschwunden ist. Erst seit einer Stunde oder so, aber –«

»Seit einer Stunde. Dann besteht doch Hoffnung, dass Sie ihn rasch wiederfinden. Meinen Sie nicht?«

»Nein. Ich fürchte, er wurde entführt.«

»Entführt, sind Sie sicher?« Die junge Stimme klang weniger bestürzt als empört, als wäre sie von Tines Nachricht geradezu überrumpelt worden. »Ich vermute, Sie haben die örtliche Polizei benachrichtigt?«

»Die Polizei haben wir eingeschaltet, ja.« Stefan zog warnend die Brauen hoch. Was, zum Teufel, hatte er für ein Problem? Tine drehte sich weg von ihm. »Aber wir ... ich fürchte, wir haben einen ... Fehler gemacht, leider.«

»Inwiefern, bitte?« Tine konnte fühlen, wie die Routine in der Stimme der jungen Frau wieder einrastete. Fehlverhalten von Touristen schien ein gewohntes Sujet für die Botschaft zu sein. Tine fühlte sich ermutigt.

»Der Polizist ... Wir haben fälschlicherweise angenommen, er müsste noch zusätzlich aktiviert werden. Verstehen Sie?«

»Offen gesagt nein, Frau Schüller. Auf welche Weise aktiviert?

»Mit Geld. Unserem Geld.«

Tine horchte in den Hörer, vernahm jedoch nichts außer dem leisen Rauschen.

»Dieser Polizist, er hat es abgelehnt, Geld von uns zu nehmen. Das war so ein hyperkorrekter Typ Polizist, wissen Sie. Einer, der es einem gleich nachträgt.«

Zwei, drei Sekunden verstrichen.

»Verzeihen Sie, aber für mich hört sich das nach einem Bestechungsversuch an.« Ihre Stimme klang auf einmal kalt, kantig und um Jahrzehnte älter. »Sie wissen, dass wir als Botschaft solche Praktiken in keiner Weise gutheißen oder gar unterstützen können.«

»Natürlich nicht. Aber was sollten wir denn machen?

Wir hatten den Eindruck, dass dieser Polizist nur darauf wartet …«

»Bestochen zu werden?«

Ihren beschissenen Sarkasmus konnte sich diese Praktikantin, Azubi oder wer weiß wie unfertige Person verdammt noch mal schenken! Tine atmete tief durch. »Unser Junge ist verschwunden. Ihm kann schon alles Mögliche passiert sein, etwas ganz Schlimmes womöglich …« Ihr versagte die Stimme, sie hustete mehrfach, ehe sie wieder sprechen konnte. »Mein Mann und ich, wir haben natürlich nach Leon, nach unserem Sohn, gesucht. Und nach … diesen beiden Kindern.«

»Sind denn noch mehr Kinder aus Ihrer Familie verschwunden?«

»Nein, nein. Nur Leon. Wir haben … ja nur ihn. Aber wir glauben – es gibt Zeugen! –, dass es zwei Kinder waren, die ihn mitgenommen haben. Keine normalen Kinder. Sondern kriminelle Kinder. Hier aus dem Ort oder auch nicht. Wir haben keine Ahnung. Verstehen Sie?«

»Ich bin nicht sicher. Frau Schüller, ich rate Ihnen aber dringend, sich in diesem Fall noch einmal an die Polizei vor Ort zu wenden. Falls Ihr Kind wirklich, wie Sie glauben, entführt wurde, führt kein Weg an der örtlichen Polizei vorbei.«

»Falls?« Wahrscheinlich hielt dieses dumme Gemüse sie für überspannt oder betrunken oder psychisch krank. Die junge Stimme hätte sie gleich warnen sollen. Sie atmete noch mal durch und nahm Anlauf für den Schlusspunkt:

»Falls mein Kind entführt wurde und ihm irgendetwas geschieht, mache ich Sie mitverantwortlich, wegen unterlassener Hilfeleistung, darauf können Sie sich verlassen.«

»Frau Schüller –«

Sie drückte sie weg und hätte am liebsten das Telefon auf die Straße geschleudert. Stefan nahm es ihr aus der Hand, so vorsichtig, als handelte es sich um eine Handgranate.

»Tine.« Er zog sie an sich.

»Lass mich.« Sie stieß ihn fort.

Sie hatte es verbockt, ganz allein. Das wurde ihr plötzlich klar. Und es gab dafür keine Entschuldigung.

Ein Beben stieg in ihr auf, und in der nächsten Sekunde wurde sie von einem Weinkrampf erschüttert. Hinter ihren Tränen nahm sie Stefan wie durch regenfeuchtes Glas wahr. Sie streckte die Arme nach ihm aus.

4

Tine war endlich von ihrem hohen Ross heruntergestiegen. Und Stefan hatte nicht vor, sie mit der gleichen Unnachgiebigkeit an ihren Bockmist zu erinnern, wie sie es umgekehrt ihm gegenüber liebte.

Er hatte nur einen Teil von dem, was sie der Botschaft mitzuteilen hatte, verstanden. Doch das reichte, um zu verstehen, dass sie es in jeder Hinsicht falsch angefasst hatte.

Sie weinte, ihr ganzer Körper bebte. Seinem Gefühl nach mehr aus Ärger denn aus Reue über ihr Verhalten am

Telefon. Er hielt sie im Arm und dachte nach. Dank Tine war ihnen nun der Weg, Hilfe über die Botschaft zu bekommen, versperrt. Es blieb ihnen nichts anderes übrig, als sich erneut an die Polizei auf Kiirsi zu wenden. Doch wenn Tines Eindruck von ihrem Telefongespräch mit Raadiks Kollegin stimmte, kapierten diese Provinzler offenbar nicht, dass das Geldangebot schlichte Hilflosigkeit gewesen war. Zugegeben, kein ganz sauberer Akt, aber letztlich nicht unmoralisch. Alle Eltern würden nach so einem Strohhalm greifen, wenn es um ihr Kind ging. Das sollten am Ende selbst zwei Inselpolizisten in ihrer scheinheiligen Selbstgerechtigkeit akzeptieren. Doch dazu brauchten sie offensichtlich etwas länger als andernorts auf der Welt, wo Profis das Sagen hatten.

Tines Beben in seinen Armen nahm langsam ab. Sie mussten zu einem Entschluss kommen, was den nächsten Schritt betraf. Zumal der Regen noch zunahm. Tine und ihm konnte das wenig anhaben, sie trug ihre lila Sommerjacke, die Wasser abweisend war, wie sie nach dem Kauf mehrfach stolz betont hatte, und ihm machte es nichts aus, dass sein langärmliges Matrosenhemd sich wie ein nasses Handtuch anfühlte. Aber was war mit Leon? Wenn er sich nicht in irgendein Gebäude verirrt hatte und sich dort aus Angst oder Erschöpfung in einer Ecke versteckte, war er womöglich draußen dem Regen ausgesetzt. Sollten tatsächlich die zwei Kinder Leon mitgenommen haben, waren sie hoffentlich alt genug, auf den Kleinen achtzugeben. Doch das hing natürlich von ihrem Motiv ab, und darüber wussten sie gar nichts.

Aber solange sie nur spekulieren konnten, was eigentlich genau geschehen war, waren seine Annahmen rein theoretisch.

Gleichzeitig erschien es ihm wichtig, schon den Ansatz von Panik im Keim zu ersticken. Sie mussten jetzt klaren Kopf bewahren, um Leons willen.

Tine hatte sich beruhigt, mit dem Ärmel ihrer Jacke wischte sie sich die Tränen aus dem Gesicht, und er zog ihr die Kapuze auf das vom Regen durchnässte Haar.

Sie sah ihn an, ihre Augen waren rotgeweint, ihr leerer Blick war nichts als Ratlosigkeit. Ironie des Schicksals: Sie brauchte jetzt den »Homo faber«, seinen klaren Kopf, für den sie sonst nur Spott und Hohn übrighatte.

Er schlug ihr vor, dass sie selbst, ehe sie sich erneut an den beleidigt tuenden Raadik wandten, einmal ganz systematisch die Straßen rund um den Marktplatz absuchten. »Vielleicht hat Leon sich in irgendeinen Hauseingang verirrt und wartet auf uns hinter einem Treppenaufgang oder so etwas.«

»Nein. Diese zwei Kinder haben ihn mitgenommen. Das fühle ich. Ich bin seine Mutter.«

Ich bin seine Mutter – den Satz sollte sie beim Nobelpreiskomitee anmelden, er klang wie eine Welterklärungsformel. Er biss sich auf die Lippen und schluckte den Kommentar hinunter.

»Okay, Tine. Angenommen, diese Kinder haben ihn mitgenommen. Dann könnte es doch trotzdem sein, dass sie ihn schnell wieder loswerden wollten.« In dem Fall könnten sie Leon aber nicht einfach zum Café zurückbringen, da sie damit rechnen müssten – und zwar zu Recht, verdammt noch mal! –, dass sie gewaltigen Ärger bekommen würden. »Sie könnten ihn einfach in ein Haus, einen Garten, was weiß ich, geschoben haben, in der Erwartung, dass irgendjemand ihn schon finden wird und ihn zu uns zurückbringt. Vergiss nicht, Tine, es sind Kinder.«

Sie schien ernsthaft darüber nachzudenken. »Gut. Wie suchen wir also?«

»Wir kämmen von hier, von dieser Straße aus, das Gebiet durch.«

»Das Gebiet?«

»Leg's nicht auf die Goldwaage, Tine.« Sie waren hier nicht in einem literarischen Seminar, was dachte sie denn? »Du nimmst die Seitenstraßen links vom Marktplatz, ich rechts. Wir prüfen bei jeder Haustür, ob sie sich öffnen lässt, gehen in Garten oder Hinterhof und so weiter. Sobald einer von uns ihn gefunden hat, rufen wir uns natürlich sofort an.«

»Und wenn nicht? Wenn wir ihn nicht finden?«

Er hatte mit diesem Einwand von ihr, der so typisch für sie war, gerechnet. »Dann treffen wir uns wieder vor dem Café und besprechen uns neu.«

»Wann? Ich meine, wie lange Zeit sollen wir uns für die Suche geben?«

»Keine Ahnung, Tine.« Solange es eben dauerte. Er überwand sich und küsste sie flüchtig auf die Lippen, sie waren nass vom Regen und schmeckten wie kalte Spucke.

Sie liefen zuerst gemeinsam weiter die Straße hinunter und erreichten das dem Café gegenüberliegende Ende des Marktplatzes, wie immer kaum belebt und infolge des Regens noch weniger als gewöhnlich. Dort trennten sie sich. Stefan hastete an dem Platz vorbei bis zur nächsten Seitenstraße, mehr eine baumbestandene Gasse, die sich rechter Hand in voller Länge parallel zum Marktplatz hinzog.

Wie er erwartet hatte, fanden sich hier kaum noch Geschäfte: ein Blumengeschäft, eine Töpferei (geschlossen), ein Laden für Haushaltswaren, eine mickrig wirkende ehemalige Pension (»sale«). Wo geöffnet war, ging er hinein und fragte, wenn er jemandem begegnete, auf Englisch und Deutsch, mimisch und mit Gesten nach seinem kleinen Jungen, Leon, erst zweieinhalb Jahre alt, helle Jeans, blaues T-Shirt, möglicherweise im Schlepptau von zwei Kindern in roten Kapuzenjacken, circa acht oder neun Jahre alt.

Niemand hatte Leon oder die zwei Kinder gesehen.

Er kontrollierte jeden Hauseingang, dessen Tür zu öffnen war, schaute hinter Treppenabsätze, sofern vorhanden, ging durch Flure, um in den Garten zu gelangen, schaute dort hinter jeden triefnassen Busch. Er entschuldigte sich bei den erstaunten, manchmal erschrockenen Bewohnern, die er antraf. Doch ihr Ärger legte sich sogleich, sobald er ihnen erklärte, was sein Auftauchen, sein Suchen für einen Grund hatte. Er blickte dann in ernste, meist stumme Gesichter, die aussahen, als würden sie nichts lieber tun, als ihm zu helfen. Und als verabscheuten sie es geradezu, dass sie keinen Hinweis, keine brauchbare Beobachtung für ihn hatten. Doch genau so war es.

Der Regen wurde kurzzeitig noch stärker, dann aber nahm er ab und hörte bald ganz auf. Die Wolkendecke blieb jedoch undurchdringlich, das trübgelbe Licht wurde schwächer, Stefan kam es vor wie ein Menetekel. Immer wieder schaute er auf die Uhr, der Nachmittag war tot, Tine rief nicht an, von Leon keine Spur, hieß das.

Die Gasse stieß am Ende auf eine kurze Querstraße, die linkerhand zum Marktplatz führte. Die Eingänge ihrer Häuserzeilen auf beiden Seiten erwiesen sich als verschlossen.

Als er den Marktplatz erreichte, sah er unmittelbar vor der regennassen, jetzt wieder menschenleeren Caféterrasse einen blauweißen Einsatzwagen der Polizei, einen Škoda, parken. In dem Wagen saß niemand. Er sah sich um. Von Tine war nichts zu sehen. Er überquerte die Terrasse und ging auf das Café zu. Hinter dem Panoramafenster erkannte er den Umriss einer marineblauen Uniform. Er war bereits im Begriff hineinzugehen, als Raadiks hohe, steife Gestalt durch die inzwischen wegen des Dauerregens geschlossene Eingangstür hinaustrat.

Raadiks Gesicht verriet keine Reaktion, als er Stefan erkannte, mit vollkommen neutral wirkender Miene kam er auf ihn zu.

Stefan hob unwillkürlich beide Hände, als wollte er sich wie ein Schurke in einem Gangsterfilm der allwissenden, allgegenwärtigen Polizei ergeben. »Herr Raadik, ich möchte mich nochmals –«

Raadik winkte ab. »Nicht notwende, Herr ...?«

»Brodersen, Stefan Brodersen.« Stefan wurde erst jetzt bewusst, dass er auf der Polizeistation noch nicht einmal so weit gekommen war, sich mit seinem Namen vorzustellen.

»Herr Bruderson, kommen Sie mit in mein Wagen. Darin ist trocken.« Er blinzelte gen Himmel, dann ging er voran, ohne Stefans Antwort abzuwarten.

Raadik setzte sich hinters Steuer und wandte sich, Block und Stift auf dem Schoß, an Stefan, der ihm auf der Beifahrerseite gegenübersaß.

»Wo ist Ihre Frau?«

»Sie ist noch nicht –« Er unterbrach sich. »Wir haben in den Seitenstraßen nach Leon gesucht. Tine ist auf ihrer Seite wohl noch nicht durch damit.«

Raadik sah ihn an, als setze er keine großen Hoffnungen in diese Aktion von ihnen, und Stefan kam plötzlich ein anderer Gedanke: »Haben nicht das Café und die Geschäfte rund um den Marktplatz Kameras installiert? Zur Überwachung?«

»Ei, nicht auf Kiirsi. Leuten hier schließen nicht mal ihren Häuser ab.« Der Polizist tippte mit seinem Kugelschreiber auf den Schreibblock, der auf seinem Oberschenkel lag. »Ich habe probiert, Sie zu telefonieren. Aber –«

»Ja, sorry. Die Telefonnummer ist falsch. Ein Zahlendreher.« Er diktierte Tines Handynummer noch einmal für Raadik, der sie überdeutlich in seinen Block schrieb.

Raadik blickte auf. »In Zwischenzeit habe ich im Café Fragen gemacht. Alise, die Kellnerin, sie sagt, sehr aggressiv.«

Er wies mit seinem Stift auf Stefan.

»Sie meint mich?«

»Ihnen beide.«

»Wir waren sehr aufgeregt. Das kann man doch verstehen, oder? Wir haben natürlich zuerst im Café nach unserem Jungen gesucht.«

Raadik ging nicht darauf ein. »Alisa, sie denkt, dass Ihr Kind durch offene Türen hinaus zu Terrasse gegangen ist.«

»Das ahnten wir zuerst ja nicht. Aber was hat die Kellnerin auf der Terrasse gesehen? Hat sie jemanden erkannt? Die Kinder? Oder weiß sie, wer die alten Männer sind?« Stefan hatte sie versichert, dass sie nichts beobachtet hätte, keine Gästenamen wüsste.

Der Polizist gab einen Seufzer von sich. »Alisa kommt nicht von Kiirsi.«

»Sie ist nicht hier aufgewachsen, meinen Sie?«

»Jah. Hauptstadt. Ich auch. Vor einen halben Jahrn.« Raadik tippte, ein wenig verlegen, wie Stefan schien, mit dem Kugelschreiber auf das schwarze Deckblatt seines Notizbuchs.

»Okay.« Stefan fragte sich, welche Bedeutung das haben sollte.

»Deshalb weiß Alisa nicht die Alten auf Terrassen.«

»Verstehe.« Und Raadik hatte deshalb ebenso keine Vorstellung, wer die alten Männer sein könnten. Der Polizist war ein Zugezogener, kein Insulaner, der hier jeden Grashalm kannte – das war es, was er Stefan eigentlich mitteilen wollte.

Raadik öffnete den Mund, um etwas zu sagen, als Stefan plötzlich einen hellen Schatten durch den Nieselregen, der wieder eingesetzt hatte, auf das Auto zulaufen sah. Er stieß die Seitentür auf, stieg aus und winkte Tine, obwohl sie ihn schon fast erreicht hatte. Sie glitt an ihm vorbei und warf sich auf den Beifahrersitz, von dem er gerade aufgestanden war.

Er schlug die Tür zu und öffnete die hintere Seitentür, um sich hinter Tine zu platzieren. Über Raadiks Gesicht huschte ein Lächeln, das Stefan ihm übelnahm.

Tine wandte sich auf dem Sitz zu ihm herum, indem sie die regennasse Kapuze abnahm. Sie sah ihn nur stumm an, ohne Vorwurf, mit einem neuen Hoffnungsschimmer im Blick.

Stefan legte eine Hand auf die Rückenlehne ihres Sitzes. »Ich habe Raadik bereits unsere Suchaktion erklärt. Er hat mit der Kellnerin gesprochen. Sie weiß nichts. Die drei Alten auf der Terrasse kennt sie nicht. Sie stammt nicht von hier, sondern vom Festland. Wahrscheinlich eine Saisonkraft. Genauso wie er hier.« Stefan deutete mit den Augen auf Raadik, der mit unbewegter Miene zugesehen hatte, wie über ihn gesprochen wurde.

Tine wandte sich wieder an den Polizisten: »Was sollen wir denn jetzt tun, Herr Raadik? Wie sollen wir Leon finden? Wo kann er sein, um Himmels willen?«

Stefan schaute aus dem Seitenfenster. Er fragte sich, ob der verwaiste Platz, angeblich Rugnars pulsierendes Herz, wenigstens an Markttagen stundenweise belebt war. Im

Moment sah er aus wie ein riesiger Parkplatz während einer Bombenentschärfung.

Tines Stimme drang wieder in sein Bewusstsein, sie klang hoch und dünn wie die eines kleinen Mädchens, das sich vom Schicksal furchtbar ungerecht behandelt fühlte: »Ich habe auf der anderen Seite, in den Gassen drüben, jeden Hauseingang kontrolliert, Herr Raadik. Alle Leute gefragt, die ich angetroffen habe. Keiner hat Leon gesehen. Oder diese zwei Kinder, mit denen er gegangen ist. Niemand will irgendetwas beobachtet haben.«

Raadik wedelte mit dem Stift und öffnete sein Notizbuch. »Diese zwei Kinder, Frau ... Wie genau sahen diese aus?«

Tine warf Stefan einen Blick zu und antwortete dann selber: »Ungefähr acht, neun, wie gesagt, vielleicht auch zehn oder elf Jahre alt. Sie trugen rote Kapuzenjacken, deshalb waren ihre Gesichter nicht zu erkennen. Aber das haben wir Ihnen ja schon erzählt.«

»Keine anderen Merkmalen?«

»Doch. Sie hatten so einen kleinen Handwagen dabei.«

»Handwagen?«

»Ja. Den zogen sie hinter sich her.«

Raadik verstand jetzt, winkte jedoch ab. »So einer Handwagen haben meine Enkelnkindern auch. Ich habe ihnen selbst geschenkt. Haben viele Leuten auf Kiirsi, Erwachsenen, manche Kindern. Praktisch für Spielzeug, für Sammeln von Holz, für alles Möglichen. Auch Touristen kaufen manchmal. So Wagen ist ein Spezial auf Kiirsi, wie sagt man, eigener Produktion auf der Insel, alten Handwerk, verstehen Sie?«

Stefan verstand immerhin so viel, dass der Handwagen der Kinder keineswegs ungewöhnlich auf Kiirsi war – und damit kein außergewöhnliches Merkmal für diese Kinder, das ihr Auffinden erleichtert hätte.

Doch ihm kam etwas anderes in den Sinn. »Seltsam ist aber doch, dass die beiden Kinder immer allein unterwegs sind: auf der Fähre, am Strand, hier in Rugnar, immer allein, ohne Eltern oder irgendwelche anderen Erwachsenen.«

Raadik musterte Stefan aufmerksam. Doch er gab keinerlei Anzeichen, dass ihm die Überlegung zu einer Idee für die Fahndung verhalf.

Stefan beschloss, ihn daran zu erinnern, wer hier der Polizist war und damit verantwortlich für die nächsten Aktionen: »Was wollen Sie denn jetzt unternehmen, Herr Raadik?«

Tine beugte sich zu Raadik vor und berührte sogar seine Hand. »Besser gesagt, was können Sie tun, Herr Raadik?«

Raadik richtete sich auf, sein Kopf ragte beinahe bis ans Wagendach. »Ich habe mit Festlandpolitsei gesprochen. Sie wollen, dass ich zuerst Situationen prüfe. Noh, ich habe das gemacht. Ich werde jetzt wieder telefonieren.«

»Telefonieren, das ist alles?« Stefan beugte sich vor und fixierte Raadik von der Seite.

»Ich muss mit Kollegen Suchentrupp besprechen.«

»Ein Suchtrupp?« Tine wirkte erschrocken. Dabei war es doch das, was sie beide wollten, oder nicht?

»Ja, wir sind zu wenige Kollegen hier auf Kiirsi, nur zwei. Aber wir werden jetzt anfangen.«

Stefan fing seinen Blick auf. »Anfangen, womit genau?«

»Menschen fragen, was gesehen haben. Suchenmeldung. Hunde und Helikopter von Festland. Kollegen zusammenrufen. Auch tuletõrje – wie heißt es, Feuer…?«

»Feuerwehr«, half Stefan ihm.

»Jah. Alles ist möglich.«

Alles ist möglich? Stefan war nicht sicher, wie das gemeint war.

Auch Tine sah den Polizisten an. »Und wir, Herr Raadik? Was machen wir in der Zwischenzeit? Wir können doch nicht einfach gar nichts tun. Wir sind schließlich Leons Eltern.«

»Jah.« Raadik nickte. »Geben Sie mir bitte jetzt ein Foto von Ihrem Kind. Sie haben bestimmt aktuell auf Ihr Telefon.« Er nestelte seine Karte aus der Brusttasche seiner Uniform, auf der auch seine persönliche Mailadresse stand. »Hier, bitte.«

Tine zerrte ihr Smartphone hervor und öffnete die Foto-App. Stefan wurde sich mit einem Mal bewusst, dass sie von Leon auf Kiirsi noch kein einziges Foto gemacht hatten, nicht mal am Strand. Während Tine scrollte, skizzierte Raadik mit Stefans Hilfe das Suchbild für Leon: Alter, Größe, aktuelle Kleidung, besondere Merkmale (keine).

»Hab Ihnen ein Foto von Leon geschickt, Herr Raadik.«

Raadik nahm sein Handy und blickte darauf. »Gut.«

Dann bat er um ein Kleidungsstück von Leon. »Für einen Suchhund, sobald vom Festland hergekommen.«

»Sie haben keinen Spürhund für so was auf der Insel?« Stefan konnte das kaum glauben.

Raadik zuckte bedauernd mit den Schultern. »Leider nein. Wir haben zwei Hunde hier. Aber keine solchen speziellen. Und bei Regen wie jetzt sind Spuren schnell ...« Er machte eine wegwischende Bewegung mit der Hand.

Tine warf Stefan einen warnenden Blick zu und zog dann Leons Regenjacke und den Südwester heraus, um ihn Raadik zu reichen.

»Danke.« Er nahm die Sachen an sich und sah sie nun beide ernst und eindringlich an: »Bitte, fahren Sie jetzt zurück zu Ihr Haus.«

»Aber ...« Tine schaute ihn verständnislos an. »Wir können doch nicht weg von hier, solange unser Junge verschwunden ist.«

Raadik setzte eine verständnisvolle Miene auf, verzog dann aber den Mund. »Ich rufe jetzt gleich meine Kollegin Leena, sie wird postieren an dem Café und Platz. Ich und bald auch anderen Kollegen und Feuerabwehr suchen in Rugnar. Und Sie sollten sein, wo Sie wohnen. Für alle Fälle. Standort, verstehen Sie?«

Stefan nickte mechanisch. Raadiks Befürchtung war offenbar, dass sie die Einsatzkräfte störten. Und wenn er an Tines spontane Reaktion, ihre generelle Unberechenbarkeit dachte, musste er dem Polizisten recht geben.

»Sobald Ihr Sohn von uns gefunden, melden wir sofort.

Wir holen Sie oder bringen ihm zu Ihnen, je nach.«

Tine sah den Polizisten auf einmal sonderbar an: »Danke, Herr Raadik«, sagte sie leise, »dass Sie uns diese ... Geldsache von vorhin nicht mehr übelnehmen.«

Raadik schwieg, er wirkte eher peinlich berührt. Vielleicht, dachte Stefan, begriff dieser Polizist doch mehr, als er angenommen hatte. Dass nämlich Tines erneute, völlig überflüssige Entschuldigung wegen der »Geldsache« in Wahrheit eine Speerspitze gegen Stefan war.

Und wie zur Bestätigung seiner Vermutung wandte Raadik sich Stefan plötzlich frontal zu: »Herr Bruderson, ich habe eine Frage an Ihnen.«

»Okay.« Was kam jetzt?

»Im Café mit Ihr Sohn ...«

»Ja?« Stefan spürte, wie ihm der Schweiß in Sekundenschnelle auf der Stirn stand.

Raadik deutete ein Kopfschütteln an. »Wie konnte eigentlich das passieren, dass er weggelaufen? War Ihr Sohn mit Ihnen zusammen. Also, wie konnte?«

Stefan glaubte plötzlich zu ersticken. Er musste raus aus diesem Kasten. Er stieß die Tür auf und wand sich hinaus in den Regen, um durchzuatmen und sein glühendes Gesicht zu kühlen. Dann zog es ihn einfach davon.

5

Tine rannte hinter Stefan her, der trotzig, unerträglich kindisch, die Hände in den Taschen vergraben, über den Marktplatz marschierte, weg von Raadiks Wagen, weg von dem Ort, an dem er Leon aus den Augen verloren hatte, und weg von ihr.

Unüberhörbar hatte in Raadiks Frage ein Vorwurf gegenüber Stefan gelegen, unter einem Gesichtspunkt, an den Tine in all der Aufregung bislang noch gar nicht gedacht hatte: Stefan hatte seine Aufsichtspflicht, wenn das der juristische Begriff dafür war, verletzt. Das war nicht nur unverzeihlich, weil er schließlich Leons Vater war, sondern natürlich auch eine Straftat, weil er fahrlässig gehandelt hatte.

Sie war dem Polizisten durchaus dankbar dafür, dass er Stefan diese Seite seines Verhaltens einmal unter die Nase gerieben hatte. Um ihm klarzumachen, dass es sich dabei nicht um die Bagatelle handelte, als die er sie sicher am liebsten behandelt hätte. Aber im Augenblick war das alles unwichtig. Das sollte auch Stefan einsehen. Sie mussten Leon wiederfinden, die Polizei würde ihnen nun helfen, und Raadik hatte ihr, als sie die Beifahrertür bereits geöffnet hatte, um Stefan zu folgen, angeboten, sie beide zum Ferienhaus zu fahren.

Doch sie hatte spontan abgelehnt. »Wir können ein Taxi nehmen, danke, Herr Raadik.« Es war wichtiger, dass er keine Zeit verlor, um die versprochene Hilfe und seine Kollegen vom Festland anzufordern, statt sie und Stefan zum Ferienhaus zu fahren.

Außerdem war ihr nach allem, aber nicht danach, jetzt Rugnar zu verlassen.

Stefan verlangsamte sein Tempo endlich und wartete am anderen Ende des Marktplatzes auf sie. Er warf ihr einen Blick zu, als erwartete er, dass sie nun ins gleiche Horn stieß wie Raadik. Doch den Gefallen tat sie ihm nicht.

Sie musste kurz verschnaufen, ehe sie sprechen konnte. »Raadik hat angeboten, uns zum Ferienhaus zu fahren. Ich habe abgelehnt. Ich will hier nicht weg.«

»Ich auch nicht.« Er schien kurz nachzudenken und schlug vor, hinunter zum Hafen zu gehen.

Sie protestierte nicht, ein anderer Fluchtpunkt für den Augenblick fiel auch ihr nicht ein.

Der Regen hatte inzwischen wieder aufgehört, doch die schmuddelgraue Wolkendecke wollte nicht weichen, und es wurde langsam dunkel. Bei der Vorstellung, dass sie ihren Kleinen nun auch vor der Dunkelheit nicht würden schützen können, sackten ihr die Beine weg, sie musste stehenbleiben und sich an Stefans Arm festhalten. Doch er wankte ebenso wie sie.

Sie waren ein Paar, dachte sie, das sich gegenseitig in den Abgrund zog. Wo sich ihr Kind vielleicht schon befand. Dieser Gedanke, der sie in diffuser Weise, nicht so klar wie jetzt unter den dramatischen Begleitumständen, auch früher schon beschäftigt hatte, überwältigte sie, so dass sie kaum noch atmen konnte. Doch nachdem sie eine

Weile gestanden hatte wie ein Mensch mit einem schweren Rückenleiden, bekam sie wieder ausreichend Luft in die Lungen, um weiterzugehen.

Sie sprachen nicht miteinander, während sie auf dem Trottoir die leicht abfallende Kopfsteinpflasterstraße hinuntergingen. Zwei wankende Gestalten, die sich permanent nach ihrem Kind umsahen, weil es unter Umständen an jeder Ecke kauern konnte, frierend, verlassen, verängstigt, verstört. Nur hin und wieder kamen ihnen Passanten entgegen, fuhren Autos. Und sie hatten sich weiter nichts zu sagen, Stefan und sie.

Im Hafen unten blinkten bereits die ersten Lichter: an manchen Booten und Yachten, die dort vor Anker lagen, entlang der Landungsbrücke, an den Fassaden der Verwaltungsgebäude, deren Lampen und Leuchten sich im Hafenbecken spiegelten ... – Plötzlich durchfuhr sie wie ein Blitzschlag der Gedanke, auch seine Entführer, diese Kinder, könnten bis zum Hafen gelangt sein. Dann war es sogar möglich, dass Leon jetzt dort unten im dunklen Wasser trieb.

Ein Zittern ergriff sie wie Schüttelfrost, sie musste sich auf einen Betonpoller setzen, der noch feucht vom Regen war.

Sie erzählte Stefan von ihrer Horrorvision.

Er blieb ganz ruhig. »Wenn es so wäre, Tine, wenn sie ihn mit zum Hafen genommen hätten, wären sie aufgefallen. Kinder allein am Hafen, das bleibt nicht unbemerkt, man hätte sie aufgehalten.«

Zum ersten Mal seit langer Zeit war sie froh um seine kühle Logik, seine Fähigkeit, selbst die emotionalsten Dinge distanziert zu betrachten, und sie schöpfte wieder Hoffnung. Sie nahm den Rucksack vom Rücken und zog ihr Telefon heraus, um sich zu vergewissern, dass sie es eingeschaltet hatte. Für den Fall, dass Raadik anrief.

Es war überraschend still im Hafen, hier und da Stimmen, Meeresvögel und gelegentliches Hämmern und Bohren irgendwo. Mehr und mehr schien die Dunkelheit, die sich wie ein feuchter schwarzer Nebel herabsenkte, alles Leben in dem kleinen Hafen zu ersticken.

Eine ziemliche Weile standen sie so am Rand des Hafenbeckens, dessen Wasser allmählich von moosgrün zu grauschwarz und nachtschwarz changierte.

Irgendwann bemerkte Tine, dass sie fror. Und sie hatte Hunger. Vielleicht war es auch nur das Bedürfnis, die Leere in ihrem Inneren zu füllen, die sie schon so lange, nicht erst seit Stefan, kannte und für normal hielt.

Sie blickte unter sich ins ölschwarze Hafenbecken. »Ich will zurück, Stefan.«

»Zum Café? Raadiks Kollegin ist dort. Und er hätte uns sicher angerufen, wenn –«

»Zurück zum Haus, Stefan.« Sie stieß einen Seufzer aus. »Wir haben es Raadik versprochen. Und vielleicht ist es wichtig.« Sie hatte jeden Maßstab verloren.

»Okay.«

Sie aktivierte das Smartphone und rief die Taxizentrale von Rugnar an.

Der alte Kahn, mit dem sie bei ihrer Ankunft auf dieser verfluchten Insel zum Ferienhaus gefahren waren, kam erst eine volle Viertelstunde später. Der Fahrer war derselbe: der Schweigsame mit dem Fünftagebart und den Wimpern wie dunkle Halbmonde.

Er grummelte mürrisch zur Begrüßung (wenn es eine war), sagte weiter nichts, wunderte sich scheinbar nicht mal, dass Leon fehlte, und erst nachdem Tine ihn vor dem Ferienhaus bezahlt, ihm ausreichend Scheine in die Hand gedrückt hatte und er abgefahren war, wurde ihr bewusst, dass weder sie noch Stefan den Mann nach Leon gefragt hatten oder nach etwas, das ihm vielleicht aufgefallen, das ihm verdächtig erschienen war. Dabei kam er als Taxifahrer doch viel herum und sah so manches.

Warum hatten sie das nicht getan? Glaubten sie in Wahrheit schon jetzt nicht mehr daran, dass Leon zu ihnen zurückkehrte?

Sie ging ins Haus und schaltete in allen Zimmern das Licht ein, als könnte sich Leon hier irgendwo verstecken. Dann setzte sie sich an den räudigen Tisch, den sie in dem großen Zimmer aufgestellt hatten, und stierte vor sich hin. Ihre Tränen rannen still wie das Leck einer Wasserleitung. Nach einer Weile aber hob sie den Kopf und fragte sich, wo Stefan steckte. Er war doch mit ihr zusammen ins Haus gekommen. Oder nicht?

Plötzlich hörte sie draußen vor dem Haus seine Stimme. Anscheinend telefonierte er. Raadik, fiel ihr ein: Leon! Sie sprang auf.

Doch dann sah sie ihr Smartphone auf dem Tisch liegen. Stefan telefonierte also mit seinem eigenen Handy.

Sie ging bis zur Haustür und warf einen Blick hinaus in die dickflüssige Dunkelheit des Gartens. Stefan war nicht zu erkennen. Aber nun deutlich zu hören. Er befand sich seitlich vom Haus, in der Nähe von Mönchsglatze oder Naturdusche.

»Gott, Hanna, ist das gut, mit dir zu reden! Weißt du, Tine dreht vollkommen durch. Verständlich, Leon ist ja schon seit Stunden verschwunden ... Ja, doch, sehe ich genauso ... Tine glaubt, er wurde, sie ist überzeugt, dass es Kinder waren, die Leon ... Ja, zwei Kinder, die sich hier herumtreiben ... Nein, für ganz unmöglich halte ich das nicht, aber ... Haben wir gemacht. Selbstverständlich. Wir haben sogar die Botschaft eingeschaltet. Aber Tine hat es – ehrlich gesagt, sie hat es verbockt, die Nerven verloren, aggressiv geworden. Wie? Ja, stimmt schon. Wem sagst du das? – Du, ich verstehe dich gerade schlechter, Hanna. Übrigens, kann es sein, dass bei dir im Hintergrund der PLL angeschaltet wurde? Nein, oder? Doch? Dann habe ich also richtig gehört. Und warum wurde der PLL hochgefahren? Ah. Aber eigentlich hatten wir doch ... ich meine, ich hatte klar gesagt, dass der PLL auf keinen Fall ... Wieso ist das Raikos Entscheidung? Hanna, *ich* entscheide, wann der PLL hochgefahren wird, nicht irgendein Raiko. Das sollte doch ... Was heißt andere Sorgen? Ach so, wegen Leon, klar. Natürlich. Es war nur, weil der PLL ... Was sagt denn die BBS dazu? ... Okay, hast recht, wir reden später darüber.

Ist aber wichtig. Du weißt, ich habe der BBS versichert, dass der PLL auf keinen Fall ... Gut, wenn die nichts davon erfahren, dann ... aber eigentlich ... Okay, Hanna. Und danke. Ja, hast du schon, lieb von dir. Klar, melde ich mich dann sofort bei dir. Ciao.«

Tine wich zurück ins Wohnzimmer und ließ sich wieder am Tisch nieder. Wenige Augenblicke später kam Stefan herein und setzte sich schweigend zu ihr.

Ihre Hand zitterte vor Wut, vor Entrüstung, vor Enttäuschung. Sie schaffte es nicht mehr, sich zusammenzureißen. Und warum sollte sie eigentlich?

»Was bist du nur für ein Mensch, Stefan?«

Sein Gesicht wurde fahl. »Was?«

»Unser Junge ist fort – deinetwegen, das wollen wir doch mal festhalten – und du sprichst mit Hanna über deine beschissene Arbeit!«

»Sie hat mich angerufen. – Sag, hast du mich etwa belauscht?«

»Lenk jetzt nicht ab, Stefan: Du hast mit ihr auch über mich geredet.«

»Ja, und? Sie hat nach dir gefragt.«

»Und du antwortest ihr wie ein Hündchen.«

Er verzog das Gesicht. »Tine, bitte.«

»Du verrätst mich an sie. Ist dir das gar nicht klar?«

»Nein.« Er verschränkte die Arme vor der Brust. »War mir bisher nicht klar, Tine.«

»Spar dir deinen Sarkasmus.«

»Ist die einzige Reaktion, die mir angemessen erscheint,

Tine. Erklär's mir, was habe ich falsch gemacht?«

»Keinen Schimmer, nein?«

»Nein. Ich dachte, es geht dir um Leon, Tine. Hast du vorhin noch behauptet. Doch auf einmal geht es mal wieder nur um Hanna.«

»Du weißt genau, dass es mir auch um Leon geht, wenn ich von Hanna spreche.«

»Tut mir leid, Tine, nein: den Zusammenhang verstehe ich verflucht nochmal nicht.«

Sein üblicher Dummstellreflex. Aber diesmal ließ sie ihn nicht damit durchkommen. »Seit vier Jahren, Stefan, sind wir zusammen. Angeblich. Seit zwei Jahren ist Leon auf der Welt. «

»Zweieinhalb Jahre.«

»Aber für dich zählt nur die Tatsache, dass du seit acht Jahren mit Hanna verheiratet bist. Dabei lässt sie dich am langen Arm verhungern. Merkst du das gar nicht?«

»Ich nehme an, die Frage ist rhetorisch.«

»All die Abende – ganze Nächte, die du in der Firma verbringst. Ersetze Firma durch Hanna, dann wird ein Schuh draus.«

»Wow, Tine.« Er brachte ein Grinsen zustande, das sie anwiderte. »Werd' nicht poetisch, sonst muss ich heulen.«

»*Ich* könnte heulen, Stefan.«

»Ah ja?«

»Weil du mich andauernd mit Hanna betrügst.«

Er richtete sich auf. »Wie jetzt? Du meinst im Bett?« Er bemühte sich, schrill aufzulachen. »Nicht dein Ernst.«

»Du besitzt sogar die Dreistigkeit, mir ständig ins Gesicht zu sagen, du hättest bei ihr übernachtet.«

»Ja!« Er schoss plötzlich vor und versuchte, ihre Hand zu bekommen. Sie zog sie rasch genug fort. »Ja, ich übernachte in der Firma und verbringe dabei halbe Nächte mit Hanna, stimmt. Weil sie in ihrem Job nun mal spitze ist. Weil sie eine Menge von Hörakustik versteht. Vor allem davon, wie man sie verkauft. Aber im Bett, Tine? Es bedeutet mir gar nichts, wenn ... Ich meine, es hat mir nie richtig Spaß mit ihr gemacht. Und warum kannst du dich nicht auch mal darüber freuen, was sie draufhat: Hanna hat inzwischen Verbindungen bis nach Russland. Unglaublich eigentlich. Davon profitieren wir alle. Du auch übrigens, wirtschaftlich gesehen, und Leon natürlich. Durch mich nämlich, meinen Job.«

»Ach, jetzt ernährt die heilige Hanna auch noch mich und mein Kind, ja? In was für einer Welt lebst du eigentlich, Stefan?«

Er richtete sich wieder auf. »In derselben wie du, mein Schatz. Leider auch in der Welt von einer Lusche wie deinem Dirk.«

»Lass Dirk aus dem Spiel!« Sein übliches Ablenkungsmanöver. »Dirk ist ein sehr, sehr guter alter Freund von mir. Und eine Lusche ist er schon mal gar nicht. Jedenfalls nicht im Bett, falls du darauf anspielen möchtest.«

Stefan sah sie überrascht an.

»Dirk ist bi. Das hab ich dir schon mal versucht zu erklären, du hörst ja nie richtig zu. Bisexuell, falls du dir das vorstellen kannst.« Und scheinbar lapidar fügte sie hinzu: »Aber ich kann dich beruhigen, es ist nur ein einziges Mal zwischen uns passiert.«

Sie hatte keine Ahnung, warum sie das gesagt hatte. Es war ihr einfach über die Zunge gerutscht. Sie hätte durchaus gerne einmal etwas mit Dirk gehabt, nicht als Abwechslung, sondern um wirklich geliebt zu werden, statt Liebe zu machen, falls das jemand verstand. Doch in Wahrheit gab es zwischen ihnen keine Zweideutigkeiten, keine Unsicherheit in puncto Sex, sie waren Freunde. Dirk war ein Pfeiler in ihrem Leben, Punkt. Schon das schien Stefan nicht zu vertragen. Aber wer gab ihm das Recht, eifersüchtig auf die Zeit und Aufmerksamkeit zu sein, die sie für ihre Freunde aufbrachte? Während für ihn seine ewige Ehe mit Hanna nicht der Rede wert schien.

Sie sah Stefan an. Er war sichtlich schockiert.

»Moment mal, Tine, ihr habt ...« Sein Mund klappte auf und zu wie bei einem Fisch an Land. »Du und dieses ... Miststück Dirk, ihr habt also tatsächlich, wie ich immer vermutet habe, miteinander ...?«

Nachdem sie es ausgesprochen hatte, gefiel ihr die Vorstellung immer mehr. »Wir waren, na ja, betrunken. Und du warst verreist. Costa Rica. Mit Hanna.«

An Stefans Costa-Rica-Reise konnte sie sich bestens erinnern. Und auch an seine verdrucksten Ausreden, warum er während der ganzen Woche mit Hanna zusammen unter der Sonne der Karibik nicht zu erreichen gewesen war. Alles Bullshit. Dirk hatte sie in dieser Woche besucht. Zweimal.

Einmal hatte er zu viel getrunken und in ihrem Bett übernachtet, auf Stefans Seite. Dirk hatte geschlafen wie ein Baby, während sie sich die halbe Nacht mit Leon abgemüht hatte, der wie am Spieß geschrien hatte, als müsste man es bis nach Costa Rica hören. Das zweite Mal in dieser karibischen Woche hatte Dirk sie mit einem Freund zusammen besucht. Die beiden schienen sehr verliebt und waren leider schon weit vor Mitternacht gegangen, und Tine war wieder allein mit Leon.

Stefan kniff die Augen zusammen, als blendete ihn sogar noch das trübe Licht der Deckenlampe in dem Raum. »Tine, ich glaub das jetzt nicht.«

»Dann eben nicht. Vielleicht besser so.«

Sein Gesicht war grotesk verzerrt. Seine geöffneten Lippen bildeten eine schiefe Ebene, die seinem Mund etwas Ordinäres verlieh, fand Tine. So hatte sie ihn noch nie gesehen. Und es hätte ihr gefallen, die Schmerzschraube noch ein Stück weiter in ihn hineinzutreiben. Aber das hätte den Bogen überspannt.

»Es ist nur ein Mal passiert, wenn ich das schon höre.« Er äffte sie nach. »Du kennst den Komiker doch schon länger als mich. Jetzt wird mir klar, warum ich ihn nie leiden konnte.«

Sie überlegte bereits, wie sie zurückrudern konnte. »Aber er mag dich.«

Stefan wischte das mit einer Geste zur Seite. Dann riss er die Augen auf, als blickte er urplötzlich in einen Abgrund. Ein neuer, schockierender Gedanke schien ihm gekommen zu sein. »Wer ... Wer sagt mir eigentlich ...« Er brach unvermittelt ab.

»Was? Wovon redest du, Stefan? Wer soll dir was sagen?«

Seine Augen schienen sie durchbohren zu wollen. »*Du*, Tine, sagst mir, dass Leon mein Sohn ist. Aber was ist mit Dirk? Deinem guten, alten, stockbisexuellen Freund?«

Tine hob wie zum Schutz beide Hände. »Stefan, das ist nicht dein Ernst, oder? Leon ist unser Junge. Dein Kind!«

»Ah ja? Woher soll ich das wissen?«

Sie stieß einen heftigen Seufzer aus. »Weil ich dich vorhin angelogen habe, Stefan. Es tut mir leid. Ich hatte nichts mit Dirk. Nie, nicht ein Mal.«

Sein Gesicht färbte sich tiefrot. »Was? Du willst dir das eben erst ausgedacht haben? Mit allen Details, Costa Rica, dass ihr betrunken wart? Wieso sollte ich dir das jetzt glauben?«

»Weil es die Wahrheit ist, Stefan.«

Sein Gesicht wuchs über den Tisch bedrohlich auf sie zu. Sie wich zurück, überlegte, ob sie vor ihm davonlaufen, aus dem Haus rennen sollte.

Aber wohin?

Wohin denn eigentlich?

»Ich begreife dich jetzt, Tine.« Er hatte die Worte langsam ausgesprochen. Wie eine schreckliche, endgültige Wahrheit.

»Du begreifst mich? Was meinst du?«

»Ich meine damit, dass ich den Jungen vor dir hätte schützen müssen.«

»Vor mir?«

»Vor dir, der wahren Tine. Du bist die eigentliche Gefahr für ihn.« Sein Arm fuhr plötzlich herum. »Die blanken Kabel draußen über der Dusche – in Wahrheit reizen sie dich, stimmt's?«

»Stefan.« Sie fühlte, dass das hier gerade sehr ernst war.

Er stierte sie unvermindert an. »Genauso wie dich zu Hause der Balkon fasziniert. Von dem du stundenlang in den Himmel starrst. Den Kleinen auf dem Arm. Vollgepinkelt und eingekackt. – Meinst du, das wäre mir nie aufgefallen?«

Sie begriff mit einem Mal, dass er mal wieder eines seiner miesen Theaterstücke aufführte. Hauptdarsteller, Regisseur und Autor: das Allroundgenie Stefan Brodersen. »Warum hast du dann nie etwas gesagt, wenn dir das angeblich aufgefallen ist? Wenn ich mit Leon auf dem Balkon stehe und in den Himmel schaue, dann um ihm die Wolken zu zeigen oder die Sonne oder die Baumwipfel, durch die der Wind bläst. Solche Dinge, Schönheiten, die dir doch niemals auffallen würden und die du unserem Jungen deshalb auch nicht vermitteln könntest!«

Stefan packte plötzlich ihr Handgelenk, doch sie schaffte es, sich loszureißen, verlor dabei jedoch das Gleichgewicht und kippte seitlich mit dem Stuhl zu Boden.

Stefan sprang auf. »Tine.« Er eilte um den Tisch herum. »Entschuldige. Ich wollte nur ...« Er beugte sich vor und reichte ihr seine Hand.

Doch sie wich vor ihm zurück. »Fass mich nicht an!«

»Anfassen? Dich? Freiwillig bestimmt nicht.« Er zog

seine Hand zurück und setzte sich wieder an den Tisch, um sie von dort aus kalt zu betrachten.

Tine rappelte sich auf, stellte den Stuhl zurück an den Tisch und ließ sich darauf fallen. Dabei behielt sie ihn hart im Blick. Und sie entschied sich, ihn endlich mit dem Gedanken zu konfrontieren, den sie schon die ganze Zeit gehabt hatte: »Jetzt sagst du mir, was du mit dem Jungen gemacht hast, Stefan.«

»Was?« Entsetzen breitete sich in seinem Gesicht aus. In diesem Moment verstand sie zum ersten Mal, was damit gemeint war, wenn es hieß, dass die Gesichtszüge entgleisten. »Tine, du bist wirklich übergeschnappt.«

»Übergeschnappt, Stefan, ist, zu denken, ich hätte dir Leon untergeschoben. Wegen Dirk.« Den Spieß umdrehen, darin war er schon immer gut. Aber jetzt war Schluss damit. »Ich will wissen, was du mit Leon gemacht hast, Stefan. Sofort!«

Plötzlich ertrug sie seinen verächtlichen, stechenden Blick nicht mehr. Blitzschnell langte ihre Hand über den Tisch und klatschte ihm mehrfach ins Gesicht. Rechts und links und ...

Er schrie auf, vor Schmerz oder Überraschung, sie wusste es nicht, hatte kein Gespür mehr für das, was sie tat oder das, was er dabei empfand, was er überhaupt fühlte.

Es war ihr auch egal. Ihre Wut war da und wollte heraus. »Du wolltest auf Leon aufpassen! Oder nicht? Was hast du mit meinem Jungen gemacht?«

»Tine!« Es gelang ihm, ihre Handgelenke zu greifen und

festzuhalten. »Schluss jetzt. Hör auf! Sonst ...«

»Sonst was? Ex und hopp, Ende und aus?«

Er ließ ihre Hände los. »Tine, du bist wirklich irre geworden.« Doch er sagte es jetzt ohne spürbaren Zorn. Er ließ auf einmal den Kopf hängen und fing an zu weinen.

Sie ließ ihn. Saß ihm gegenüber am Tisch und wartete. Nach einer sehr langen oder sehr kurzen Zeit, sie hatte auch für Zeit das Gefühl verloren, schluchzte er: »Leon. Ich will ... will meinen Kleinen zurück.«

»Ich doch auch.« Sie beugte sich vor und legte vorsichtig ihre Hand auf seine dünnen braunen Haare. »Ich will ihn genauso zurück, Schatz.« Die Tränen stiegen wieder in ihr auf, sie empfand auf einmal sogar Mitleid mit ihm.

Er hob den Kopf und nahm ihre Hand, hielt sie mit feuchtem Griff in seinen Händen.

Mit der freien Hand wischte sie ihre Tränen fort. Sie spürte, dass sie die Ruhe zurückgewann. »Was können wir tun, Stefan?«

»Wir können an ihn denken, Tine.«

»Ja. Das tun wir. Und die Polizei? Meinst du, sie suchen ihn jetzt? Mit Hunden und Hubschrauber und ...?«

»Ich weiß nicht. Müsste man einen Hubschrauber nicht auf der ganzen Insel hören?«

Sie standen gemeinsam auf und gingen hinaus vor die Tür. Horchten in die Dunkelheit. Es war still. Rascheln im Gebüsch hier und da, der nahe Wald schien zu knistern, in den Baumwipfeln war Ruh, kein Hubschraubergeräusch in der Ferne.

Stefan legte den Kopf in den Nacken. »Es braucht vielleicht Stunden, um einen Helikopter vom Festland zu ordern und übers Meer hierherzufliegen.«

»Eigentlich sollten wir dabei sein, Stefan. Bei der Suche.« Zumindest spürte sie den Drang, es war für sie kaum mehr auszuhalten.

»Nein, Tine. Wir warten besser hier. Die Polizei hat unsere Telefonnummer, Raadik ruft uns sofort an, wenn sie Leon finden.«

»Ich hoffe, sie kriegen dann auch sie.«

»Wen?«

»Diese Kinder.«

»Ja.«

»Ja.«

6

Sie schliefen nicht. Lagen angezogen, steif wie Mumien, nebeneinander auf der Bettcouch.

Sie hatten Raadik inzwischen mindestens ein Dutzend Mal angerufen. Er und seine Kollegen, inklusive Feuerwehrleute, versicherte er, seien unentwegt im Einsatz, auch ein spezieller Suchtrupp vom Festland samt Helikopter sei eingetroffen. Ein Spürhund habe auch mit Hilfe von Leons Sachen, dem Regenmantel und dem kleinen Südwester, die Spur vom Café aus aufgenommen, doch draußen nach wenigen Metern wieder verloren. »Der Regen, leider.«

Inzwischen starrten sie bereits in das fahle Licht des Morgens, das die Nachtschwärze vertrieb.

Tine drängte sich an ihn, er spürte ihre kalten Lippen an seinem Ohr. »Früher«, sagte sie leise, mit einer Weichheit in der Stimme, die er schon seit Jahren nicht mehr an ihr kannte, »als Kind, meine ich, da habe ich immer gemalt, wenn es mir schlecht ging. Gezeichnet, gekritzelt, wilde Sachen, Fabeltiere, Prinzessinnen, halbe Königreiche.«

Er drehte ihr leicht den Kopf zu: »Wie kommst du darauf?«

»Weil ich vorhin dachte, ich hätte Lust zu zeichnen. Wie früher eben.« Sie stieß einen Schwall Luft aus. »Naiv, klar. Aber als Kind hat mir die heile Welt geholfen, die ich mir selbst gemalt habe. Und später dann ...«

»Ja?«

»Ist mir das irgendwie verlorengegangen.«

»Was? Die Fähigkeit?«

»Nein. Der Glaube daran, dass sie mir hilft.«

»Der Glaube? Wie meinst du das?«

»Willst du das wirklich wissen?«

»Ja. Ja, wirklich.«

War da eine überraschende Verwandtschaft zwischen Tine und ihm? Sie hatten nie darüber gesprochen.

»Ich denke, mein Glaube, dieser kindliche Glaube, verstehst du, ging verloren, weil meine Eltern sich nicht dafür interessierten. Für das, was ich wollte. Was ich liebte. Schön, Tine. Aber ohne hinzusehen. Später hieß es dann: Herrgott, Tine, hast du nichts Besseres zu tun? Was ist mit deinen Hausaufgaben? Diese banalen Sätze, die wahrscheinlich jeder kennt.«

Er lachte. Wandte ihr ganz sein Gesicht zu. Fand ihre fiebrig glänzenden Augen.

»Weißt du, meine Eltern hatten immer schon einen Plan für mich. In ihrem Fall hieß das: für ihr Geschäft.«

Ein Geschäft für Gartenbaubedarf, Tine hatte ihm bereits früher davon erzählt. Er war ihren Eltern vielleicht ein halbes dutzend Mal begegnet, hatte aber keinen Draht zu ihnen gefunden. Sie wohnten weit genug entfernt, Hunderte Kilometer, um sie auf Distanz zu halten.

Er hörte sie leise seufzen. »In den Plänen meiner Eltern für mich kamen Prinzessinnen und halbe Königreiche nun mal nicht vor. Sondern Mathe und Bio und die Handelsschule, um den Betrieb zu übernehmen.« Sie schnaubte. »Den heute Steffi führt.«

Steffi war Tines jüngere Schwester, die das Geschäft mit ihrem Mann betrieb, einem Halbjuristen, angeblich unverzichtbar für den Laden. Hallelujah.

Stefan kannte das alles, bis auf das Detail ihrer frühkindlichen Begeisterung fürs Malen, und er fürchtete schon, dass Tine ihm nun alles noch einmal herunterbeten würde. Doch er täuschte sich.

»Und du?«, fragte sie. »Was war mit dir?«

Er war überrascht. »Was meinst du?«

»Was war deine Fluchtburg?«

»Das Malen.« Er war selbst verblüfft darüber, wie selbstverständlich ihm die Antwort über die Lippen sprang.

Sie richtete ihren Kopf auf und sah ihm ins Gesicht. »Wirklich?«

Er lachte schief. »Ich weiß, das passt nicht gerade zu dem Bild, das viele sich gerne von mir machen.« Sie war gemeint, Tine. »Aber noch als Jugendlicher wollte ich Künstler werden. Ich sagte nicht Künstler, ich sagte, ich will Bilder machen, Plastiken, Holzschnitte, Linoldrucke.«

»Du hast mir nie davon erzählt.«

»Nein. Ist ja auch nichts daraus geworden.«

»Trotzdem.« Sie stützte ihren Kopf auf eine Handfläche, und trotz des dämmerigen Lichts fühlte er sich von ihr wie auf eine neue Art betrachtet. Wie ein Buch, das sie noch nicht gelesen hatte, eine Musik, die sie noch nicht kannte. »Warum ist nichts daraus geworden? Ich meine, dein Vater war doch Künstler. Oder so gut wie.«

»Kunstlehrer. Ich wollte nicht so enden wie er. In der Freizeit Bilder produzieren und zusammen mit anderen verhinderten Künstlern, die alle auf solide Weise zu Geld gekommen sind, private Ausstellungen machen. Die eigene Familie als Claqueure missbrauchen und die aufwendigen Kataloge aus eigener Tasche bezahlen, weil kein Kunstverlag sie drucken will.«

»Du konntest nicht wissen, ob es bei dir so enden würde.«

»Nein.«

»Stattdessen Informatik.« Sie sagte es ohne den sonst üblichen verächtlichen Unterton.

»Jep. Was Handfestes.«

»Und die Kunst? Ich glaube, ich hab dich noch nie malen sehen, nicht zeichnen, modellieren, was weiß ich. Nicht mal mit Leon zusammen.«

»Kann sein.«

»Was kann sein? Dass ich dich nie dabei gesehen habe? Oder dass du es wirklich nie tust, nicht mal mit unserem Kleinen?«

»Beides.«

Sie lachte leise, und er spürte ihre Lippen, die jetzt warm waren, an seinem Mundwinkel.

Dann drehte sie sich zurück auf den Rücken, und sie starrten wieder gemeinsam in die Leere des Morgengrauens.

Gegen sieben saßen sie sich am Tisch gegenüber und tranken den Kaffee, den Stefan gebrüht hatte.

Er hatte das Gefühl, inzwischen alle Kraft aufgebraucht zu haben, um die grausamen, selbstquälerischen Fantasien niederzukämpfen, die Leon betrafen: wie es ihm ging, ob er zu essen, zu trinken hatte, ob er gesund war – oder ob man ihn quälte, ihm Unvorstellbares antat.

Tine, deren übernächtigtes Gesicht mehr dem ihrer verhärmten Mutter glich, hielt die entsetzliche Ungewissheit, die Ereignislosigkeit anscheinend nicht mehr aus und nahm schon wieder ihr Smartphone zur Hand, um Raadik anzurufen. Magischer Moment, denn es klingelte plötzlich, und sie starrten sich an, als hätten sie sich verhört, als sei der grelle Klingelton, den Tine auf größte Lautstärke eingestellt hatte, lediglich das Produkt ihres Wunschdenkens.

Doch es klingelte wirklich. Und es war Raadik, der anrief. Noch bevor Tine einen Satz sagen konnte, hatte Stefan auf das Lautsprechersymbol im Display gedrückt, um mithören zu können.

»Hallo, Raadik hier.« Seine schleppende, raue Stimme, akustisch feingesiebt durch das Smartphone.

»Ha...« Tine versagte kurz die Stimme. »Hallo. Ist Leon bei Ihnen? Haben Sie ihn gefunden?« Es war mehr ein Flehen als ein Fragen.

»Noh, Kollegen von Festland sind noch Einsatz im Suchen, Frau Schüller. Auch Helikopter über Rugnar und ganzen Inseln. Und haben jetzt Meldungen in TV und raadio.«

Eine Pause entstand, Raadik schien auf irgendeine Reaktion von ihrer Seite zu warten.

Stefan warf Tine über den Tisch hinweg einen Blick zu. Ihre Augen waren stumpf auf ihn gerichtet. »Weswegen rufen Sie an, Herr Raadik?«, rief er in den Hörer.

Sie hörten, wie Raadik sich räusperte. »Es gibt trotzdem Fortschreiten, kann man sagen. Wir haben von den drei alten Männern gefunden: Jaan Kaalep.«

»Aha.« Stefan hatte die zynisch lachenden Alten sofort wieder vor Augen. »Was sagt er, dieser Kaalep?«, fragte er ohne Überzeugung, dass dies von Bedeutung sein konnte.

»Dass er und die beiden anderen Männer Ihren Sohn gesehen haben, auf Terrasse.«

»Ach, wirklich?« Das deckte sich immerhin mit dem, was auch Stefan zuerst von dem Alten verstanden zu haben glaubte.

»Jaan sagt, dass Ihr Leon in Seitenstraßen gegangen ist. Neben Café.«

»In die Fußgängerzone, meinen Sie, links vom Café?«

»Jah. Nur Fußgänger sind. Und dort ist er hinter zwei Personen gelaufen.«

Tine schrie auf. »Zwei Personen? Was soll das heißen: zwei Erwachsenen?«

»Jah.«

»Nein, bitte nicht.« Tine schlang eine Hand um ihren Kopf, es sah nach Verzweiflung, aber auch grotesk aus.

»Moment, ganz Ruhe, bitte, Frau Schüller.« Raadik räusperte sich, um seine Stimme zu klären. »Sind es Päkapikud, wie Jan Kaalep gesagt hat.«

»Päka-?« Hatte Raadik den Verstand verloren, ausgerechnet jetzt in seiner Heimatsprache mit ihnen zu reden?

»Päkapikud. Heißt, glaube, Elfen in Ihre Sprache.«

»Elfen«, wiederholte Tine tonlos. Sie schien nah daran, die Fassung zu verlieren, den letzten Rest davon.

»Jah, Päkapikud, Elfen. Faalsch natürlich so reden über die Personen. Aber Kiirsi-Leute sagen, weil sind sie sehr ... wie sagt man ... besonders klein.«

»Klein?« Stefan presste das Telefon in seiner Hand, als könnte er Raadiks Worten so noch irgendeinen Sinn abgewinnen.

»Jah. Klein gewachsen, alle zwei Menschen.«

»Sie meinen ...« Tine riss die Augen auf. »Sie sind kleinwüchsig?

»Jah. Wie Kinder so klein.«

In Stefans Kopf überschlugen sich die Gedanken. »Wollen Sie sagen, die Kinder, die wir gesehen haben, waren gar keine? Sondern Erwachsene? Ein … ein kleinwüchsiges Paar?«

»Ehepaar. Jah.«

»Und diese beiden haben Leon mitgenommen?«

»Noh. Das glauben wir nicht. Jaan Kaalep sagt nur, dass Ihr Sohn hinter denen beiden in der Straße gelaufen ist und auf denen Handwagen geklettert. Er kennt Helin und Uku. Und gedacht, alles in Ordnung.«

»Was denn, dieser Jaan kennt das Paar, das unseren Jungen hat?« Wenn das in all dem Chaos keine gute Nachricht war!

»Jah. Er kennt sie. Sind sie Helin und Uku Lepin.«

»Wir müssen zu ihnen!«

»Jah. Ellen Rummo will auch, dass Sie dabei sind. Ellen ist Leiterin der Einsatz.«

»Gut.«

»Wir sind wenige Minuten bei Ihnen. Die Lepins leben in Ihren Nähe, wissen Sie!«

»Wir sind da. Sind hier, Herr Raadik.« Tines Augen glänzten auf einmal wie Schmucksteine.

Stefans Blick traf sich mit ihrem. Doch in ihrem Gesicht erkannte er nun beides: die flammende Hoffnung, Leon bald zurückzuhaben, und die Angst, in welchem Zustand er sein mochte.

7

Sie standen neben dem besoffenen Staketenzaun vor dem Ferienhaus, unter einem strahlendblauen Himmel mit Wolken wie weiße Luftschiffe, und hörten die Reifen über den Schotterweg knirschen, noch ehe sie die Einsatzwagen zu Gesicht bekamen.

Tines Puls raste, und sie glaubte, jeden Moment ohnmächtig zu werden. Sie hielt Stefans Hand, die sich kalt und feucht anfühlte wie ein toter Fisch.

Raadik fuhr selbst, auf dem Beifahrersitz saß seine junge Kollegin, die sie ausdruckslos musterte. Ein weiteres Fahrzeug, ein weißer Škoda ohne Polizeikennzeichnung, vollbesetzt, wie es aussah, folgte ihnen dichtauf.

Tine wunderte sich. Sie hatte sich eine kleine Armada an Polizeifahrzeugen vorgestellt, die unter Umständen für nötig befunden wurde, um Leon aus den Händen dieser ominösen »Personen«, wie Raadik sie halbwegs neutral bezeichnet hatte, zu befreien. Kleinwüchsige? Sie hatte sich nach Raadiks Anruf von Stefan die Bestätigung geben lassen müssen, dass sie das Wort richtig verstanden hatte.

Kleinwüchsige in Kleidern von Kindergröße. Das erklärte allerdings alles.

Stefan schien ebenfalls verwundert. »Vermutlich sind die anderen Einsatzwagen schon vorausgefahren und warten.« Er hatte also den gleichen Gedanken gehabt wie sie.

Dennoch war es wohl am besten, sich mit den Gegebenheiten zu arrangieren, entschied Tine. Die Polizei hatte die

Entführer ausfindig gemacht, sie beherrschten offenbar ihr Handwerk, man konnte ihnen also vertrauen.

Raadik wendete auf dem schadhaften Weg, der zu dem Birkenwäldchen führte, und hielt unmittelbar vor ihnen. Der zivile Škoda tat es ihm nach. Raadik stieg aus und zeitgleich mit ihm aus dem anderen Wagen eine Frau von Anfang vierzig, mit blondem Pferdeschwanz, in Jeans und einem braunen Blouson.

Raadik grüßte Tine und Stefan mit einem ernsten Nicken und stellte die blonde Kollegin vor: »Ellen Rummo.«

Die Frau gab ihnen wortlos die Hand und warf Raadik einen auffordernden Blick zu. Der erklärte ihnen nun die »strateegia«:

Erstens, Ellen mit ihrem Team und ein weiteres Einsatzfahrzeug mit einem Notfallteam würden in unmittelbarer Nähe des Gehöfts warten, auf dem die Lepins (das Entführerpaar) lebten. Zunächst solle nur das bekannte Polizistenteam von der Insel, Raadik und Leena Vaarandi, Hof und Haus betreten. Zusammen mit Tine und Stefan. Im Notfall könnten Ellen und die Kollegen sofort eingreifen. »Aber wird nicht passieren«, versicherte Raadik.

»Wie können Sie da so sicher sein, Herr Raadik?«

Tine bereute sofort den heftigen Ton, den sie angeschlagen hatte. Aber Raadik schien sich nicht daran zu stören, und die Einsatzleiterin schien kein Deutsch zu verstehen.

Raadik legte den Kopf ein wenig schief: »Wissen Sie, Leute auf Kiirsi sagen, Helin und Uku Lepin sind sie sehr friedvollen Menschen.«

»Absolut friedvoll, wenn sie ein Kind entführen. Einen Zweijährigen«, konterte Stefan wie in einem Reflex.

»Nein, Herr Bruderson.« Raadik schüttelte heftig den Kopf. »Wir glauben nicht, dass Helin und Uku Ihren Sohn entführen haben. Hochwahrscheinlich ein Missverständnis.«

»Ein Missverständnis?« Stefan stieß ein sarkastisches Lachen hervor.

Tine wünschte, er würde den Mund halten. Vermutlich musste die Polizei solche Dinge sagen, um sie zu beruhigen, damit sie am Ende den Einsatz oder gar das Kind nicht noch gefährdeten. Sie warf Stefan einen warnenden Blick zu, den er jedoch ignorierte.

»Wir gehen ganz vorsichtig vor. Friedlich.« Raadik sah Stefan scharf an. »Sie auch bitte. Denken Sie an Ihrem Sohn.«

»Okay. Versprochen. Klar.«

Die Einsatzleiterin schien zufrieden, ebenso wie Raadik. Beide wandten sich um und stiegen in ihre Fahrzeuge. Rummos Wagen fuhr sofort los, aus Raadiks Einsatzwagen stieg seine Kollegin Vaarandi aus. Sie sagte etwas zu Tine und Stefan, das sich anhörte wie »terre des hommes« und hielt ihnen die hintere Tür auf.

Als sie saßen, bat Leena Vaarandi sie, ehe sie die Tür schloss, sich anzuschnallen. Es waren diese widerlichen kleinen Dinge, die Tine noch in den Wahnsinn trieben. Wenigstens verlor Raadik jetzt keine Zeit, sondern brauste los, sobald Vaarandi eingestiegen war. Der Wagen, in dem Ellen Rummo saß, war jedoch längst außer Sicht.

Sie erreichten die Kreuzung zu der Straße nach Rugnar, und Raadik lenkte nach rechts. Seine Kollegin zog ihren Blick aus der Landschaft zurück und sagte etwas zu Raadik. Tine hörte das Wort »Päkapikud« heraus.

Stefan beugte sich vor. »Päkapikud?« Auch ihn hatte das Wort also aufhorchen lassen. »Bei uns haben Elfen einen verdammt zweifelhaften Ruf, Herr Raadik.« Er redete so schnell, als hätte er nur auf die Gelegenheit gewartet, sich mit dem Polizisten zu streiten.

Tine sah Stefan verblüfft von der Seite an. Woher hatte er das denn? Ihr eigenes Bild von Elfen war das von winzigen ätherischen Wesen, die nachts über Wiesen schweben wie transparente Seepferdchen. Aber das beruhigte sie jetzt keineswegs.

Raadik suchte Stefans Blick im Rückspiegel. »Bitte Ruhe haben, Herr Bruderson. Sind wir gleich da und reden mit Helin und Uku Lepin.«

Raadiks Kollegin sagte wieder etwas zu ihm, und er konzentrierte sich von nun an aufs Fahren, ohne jedoch das Tempo zu erhöhen. Tine schwitzte vor Aufregung und Vorfreude, Leon in wenigen Minuten wiederzuhaben. Sie hatte Vertrauen zu Raadik, er war ein besonnener Mann, das gefiel ihr, es war genau die Eigenschaft, die Stefan so häufig vermissen ließ. Auch jetzt, schien ihr, war er wieder kurz davor, die Kontrolle zu verlieren. Sie suchte seine Hand und drückte sie und war froh, dass er sie ließ.

Sie schaute nach vorn. Auf der Straße kam ihnen der Bus entgegen, am Steuer eine Frau, die die Polizisten mit

Handzeichen grüßte. Wahrscheinlich saß auch diesmal kein Mensch darin und es ging wie üblich nur darum, am Dead End der Insel zu wenden und zurückzufahren.

Plötzlich drosselte Raadik stark das Tempo und bog von der Straße nach rechts in einen überwucherten Feldweg ein, der kaum noch als solcher zu erkennen war. Es sah aus, als würde er mitten ins Heidekraut fahren, doch als Tine sich umwandte und einen Blick aus der Heckscheibe warf, konnte sie erkennen, dass der Wagen einer alten Spur folgte, auf der vermutlich seit Jahren kein Fahrzeug mehr unterwegs gewesen war. Das Heidekraut raschelte unter dem Boden des Škoda wie eine Meute wütender Ratten und kleinere Steine schlugen hart gegen das Metall. Doch der Untergrund schien ebener zu sein als die Schotterstrecke, die von der Hauptstraße zu ihrem Ferienhaus führte, da sie ohne Schaukeln vorankamen.

Tine sah zum Seitenfenster hinaus: rotbraunes Heidekraut, durchbrochen von sattgrünen Moosflächen, krüppelige Bäumchen, Gruppen von Sträuchern mit rot leuchtenden Blüten – waren das Wildrosen? Weiter vorne begann eine bucklige Welt aus grasbewachsenen Hügeln, die jäh ins glitzernde Meer zu stürzen schien.

Sie wendete den Kopf und schaute aus dem Fenster auf Stefans Seite. Gar nicht fern, wie es schien, leuchteten die zinnoberroten Dächer der Häuser von Rugnar. Einen Hubschrauber in der Luft erkannte sie nicht. Wenn es stimmte, was Raadik gesagt hatte, dann befand sich hinter der Hochebene rechterhand der Strand, den sie noch am ersten

Tag besucht hatten. Zusammen mit Leon, ihrem Kleinen ... Mit einem Mal wurde ihr klar, dass seine Entführer, dieses seltsame Paar, sie vom Rand dieser Hochebene aus beobachtet hatten. Von der Böschung herunter hatten sie freien Blick über die gesamte Bucht. Deshalb hatte sie selbst auf dem Heimweg noch das Gefühl gehabt, beobachtet zu werden. Weil sie beobachtet worden *waren*! Womöglich konnte man, wenn man der Böschung noch ein wenig folgte, sogar problemlos ihr Ferienhaus beobachten oder bis zu ihm gelangen, wenn man sich entschloss, hinunterzuklettern.

Der Weg durch das Heidekraut wurde holpriger, und Tine machte sich klar, dass die »Päkapikud« – ein kleinwüchsiges Ehepaar auf Kinderfang, irgendwie ging das über ihren Verstand – nicht mal mit einem Fahrrad zur Straße gelangen konnte. Mit einem Handwagen dagegen ... Davon abgesehen schien der Weg am Strand entlang die kürzeste Strecke nach Rugnar zu sein. Und ebenso zu ihnen, zu ihrem Ferienhaus.

Der Weg schlängelte sich an einem grasbewachsenen Hügel vorbei, dessen Spitze mit großen moosbewachsenen Steinen bedeckt war, als hätte sie ein Riese vor langer Zeit hier verloren.

Hinter dem Hügel sahen sie sich plötzlich am Ziel. Wenige Steinwürfe entfernt duckte sich hinter einem großen Gemüsefeld mit Bohnen oder Erbsen ein niedriges altes Wohnhaus, dessen linke Hälfte mit dunklem Holz verschalt war, die rechte war aus grobem Stein. Über einer Reihe kleiner Fenster begann unmittelbar das Dach, dessen

Reet fast vollständig von Moos überwuchert war.

Auf den ersten Blick sah es aus wie das sprichwörtliche Hexenhaus.

Tines Herz begann zu rasen, sie war bereits auf dem Sprung aus dem Auto heraus, doch Raadiks Kollegin fuhr vorsichtshalber, noch bevor sie anhielten, einen Arm nach hinten aus, um sie am Aussteigen zu hindern.

Raadik stoppte den Wagen neben einer alten Metallwanne voller Löcher und handtellergroßer Roststellen, auf dessen Rand Hühner balancierten. Er drehte sich zu Tine und Stefan um und sah sie mit ernster Miene sichtlich besorgt an. »Bitte nur folgen Sie uns. Bitte nicht vorausgehen. Bitte nicht selber reden mit denen zwei Personen. Jah?« Sein beschwörender Blick wanderte von Stefan zu Tine und wieder zurück.

Sie nickten beide wie brave Schulkinder.

»Gut. Wir steigen zuerst aus, Leena und ich. Dann Ihnen. Jah?«

Tine legte eine Hand auf seinen uniformierten Arm. »Wo sind die anderen? Ihre Notfallkollegen? Diese Einsatzleiterin?«

Raadik gestattete sich ein winziges Lächeln. »Noh, haben Sie nicht gesehen?«

»Nein«, gab Tine zu. Auch Stefan schüttelte den Kopf.

»Hinter dem Hügel da vorne postiert, sind wir gerade daran vorbeigefahren. Aber nur für alle Fälle dort. Sind Helin und Uku gute Menschen, sagen Kiirsi-Leute. Friedlich, wie gesagt.«

Wenn sie das wären, friedlich, dachte Tine, dann hätten sie meinen Jungen in Ruhe gelassen.

Raadik nickte seiner Kollegin zu. Sie stießen die Türen auf und stiegen aus. Betont ohne jede Hast, wie es aussah.

Tine und Stefan taten es ihnen nach. Doch Tine glaubte zu sterben, wenn sie Leon nicht schon in wenigen Augenblicken zurückbekam.

Sie schaute sich um. Wo war Leon?

8

Stefan spürte, dass Tine dem Zusammenbruch nahe war. Sie zitterte, ihre Schultern bebten unter der lila Jacke, ihr Gesicht war kalkweiß. Abgesehen von den beiden Polizisten, Raadik und seiner schweigsamen Kollegin, kam es also mal wieder auf ihn an, damit das Schauspiel hier nicht als Tragödie endete. Doch auch ihm schnürte es die Kehle zu, als er sich jetzt umsah.

Außer ein paar großen Hühnern, die auf dem Rand der verschissenen Badewannenruine stolzierten, von der ein wahrer Pestgestank ausging, war kein Anzeichen von Leben zu entdecken. Sollte Leon wirklich seit gestern Nachmittag in dieser Bauernkate festgehalten worden sein? Oder in dem mit schwarzen Brettern verschalten Schuppen ein paar Steinwürfe entfernt? Vor dem sich neben einem Haufen gestapelter Holzscheite auch ein Hackblock befand. Die dunklen Stellen daran – er kniff die Augen zusammen – konnte das Blut sein?

Eiseskälte durchfuhr ihn, seine Knie begannen zu schlottern, doch er musste jetzt die Nerven behalten und versuchte, sich ganz auf den Moment zu konzentrieren: Wo war Leon? Wo steckten die Entführer, diese »Päkapikud«?

Raadik rief jetzt ihre Namen. Helin und Uku. Gab es nicht einen alten Film, in dem der Name Uku vorkam? Oder Unku? Ein Kinderfilm. Oder nicht? Raadik ging langsam auf die Holztür zu, die aussah wie von Lepra befallen. Er klopfte, rief wieder die Namen der beiden, drückte die primitive eiserne Klinke, mehr ein verrosteter Metallstift, und die Tür sprang einen Spaltbreit auf.

In diesem Moment verlor Tine die Beherrschung. Sie schoss seitlich an Raadiks Kollegin vorbei auf die Tür zu und begann zu schreien: »Leon! Leon, Schatz! Wo bist du? Sag was! Die Mama ist da.«

Noch bevor Stefan bei ihr sein konnte, um sie zu beruhigen, war es die junge Polizistin. Sie umfasste von hinten Tines Taille, sagte etwas zu ihr in einem mitfühlenden, warmen Ton, der Stefan angesichts der dramatischen Situation verblüffte. Von der abweisenden Härte, in der sie sich bisher ihnen gegenüber präsentiert hatte, ganz zu schweigen.

Die Polizistin zog Tine sanft zurück, und sie ließ es sich gefallen. Raadik, der die Szene äußerlich unbewegt beobachtet hatte, begann wieder, in ruhigem Ton nach den beiden Bewohnern zu rufen. Dann stieß er mit sanftem Druck die Tür auf und betrat das Haus.

Stefan entschied sich, ihm zu folgen, da Tine von der Polizistin gehalten wurde – in einem doppelten Sinne: aufrecht und festgehalten.

Schon mit dem ersten Schritt befanden sie sich in einem dunklen Raum, der von einem monströsen alten Holzherd aus Schamottestein beherrscht wurde, mit herausnehmbaren Eisenringen an den Feuerstellen und einer Klappe zum Beschicken und Entleeren an der Kopfseite, die ein wenig aufstand.

Ein eigenartiger Geruch stieg ihm in die Nase, keineswegs unangenehm, etwas, das ihn an »Weed«, richtig gutes Gras, erinnerte, allerdings entfernt auch an verbrannte Kartoffeln. Vor dem Herd stand eine kleine metallene Trittleiter, in einem Regal, dessen Bretter in Hüfthöhe angebracht waren, befanden sich Töpfe, Geschirr und offene Schubladen mit klobigen Küchengeräten. Rechts an der Wand ein niedriger Schrank, eher das Unterteil einer schlanken Vitrine mit zwei Schubladen. Davor ein hüfthoher Tisch mit Stühlen, die offensichtlich für Kinder gemacht waren.

Die Angst, was Leon angetan worden sein könnte, hämmerte als rasender Kopfschmerz in seinen Schläfen. Er rief, trotz zitternder Stimme so ruhig wie möglich, Leons Namen. Und horchte.

Keine Antwort, kein Ton zu hören.

Raadik signalisierte ihm mit der Hand, dass er das besser unterlassen sollte. Offenbar fürchtete der Polizist, er könne Leon dadurch eher gefährden. Stefan fand das wenig einleuchtend, aber er schwieg vorerst und sie gingen weiter.

Der Küchenraum, oder wie sollte man diese Dunkelkammer anders nennen, öffnete sich zu einem engen Flur, in den durch zwei Türschlitze auf der Hofseite, dort, wo Raadik den Einsatzwagen geparkt hatte, silbrige Streifen Tageslicht fielen.

Raadik blieb stehen, um zu horchen, doch Stefan hatte es satt zu warten. Es war doch klar, was hier zu tun war. Er eilte mit großen Schritten an Raadik vorbei den Flur entlang und stieß die nur einen Spaltbreit offen stehende Tür des ersten Zimmers auf.

Ein länglicher Raum, das kleine Fenster ohne Gardinen, aber mit zur Seite gezogenen dunklen Vorhängen. Das morgenkalte Sonnenlicht schimmerte grünlich an den kahlen Wänden. Rechts eine Art Tisch, der sich bei näherem Hinsehen als eine altertümliche Nähmaschine erwies, auf der Arbeitsplatte ein rotweiß gestreifter Stoff.

Raadik betrat den Raum und schnaubte vernehmlich. »Herr Bruderson.«

Stefan ignorierte seinen tadelnden Ton. »Mein Sohn ist nicht hier.«

Raadik zog die Brauen hoch. »Haben wir noch nicht mit Uku und Helin –«

Stefan zwängte sich an ihm vorbei und eilte über den Flur zum nächsten Zimmer, dessen Tür ebenfalls offen stand.

Ein Schlafzimmer. Bett, Kommode, zwei niedrige Hocker mit Bastauflage. In der Ecke eine hölzerne Trittleiter. An den Wänden gerahmte Bilder wie aus dem vorletzten

Jahrhundert, stark nachgedunkelte Tapeten mit unkenntlich gewordenem Muster, ihr Zustand erinnerte ihn an ihr Ferienhaus. Das massive Doppelbett deutete jedoch keineswegs darauf, dass Kleinwüchsige darin schliefen. Darüber ein Holzkreuz mit einem Jesus, blutüberströmt an Kopf und Körper. – Stefan erschrak bei dem Anblick, der blutige Holzklotz draußen vor dem Schuppen fiel ihm plötzlich ein. Als Raadik eintrat, lag er bereits auf den Knien, um unter dem Bett nachzusehen, er kam sich vor wie ein drittklassiger Detektivdarsteller und stand rasch wieder auf.

Raadik sah ihn durchaus mitfühlend, wie es schien, vielleicht sogar mitleidig an. Stefan wand sich erneut an ihm vorbei und eilte durch den Flur zurück zur Haustür.

»Herr Bruderson!«

Raadiks Stimme in seinem Rücken klang auf einmal scharf und kompromisslos. Stefan ignorierte ihn trotzdem. Er würde nicht warten, bis dieser Provinzpolizist sich der Gefahr, in der Leon womöglich steckte, endlich bewusst wurde.

Als er hinaus in das grelle Tageslicht trat, entdeckte er zuerst Tine und die Polizistin nicht. Dann sah er, dass sie sich langsam nebeneinander auf dem spärlich mit Gras bewachsenen Hof zum Schuppen hin bewegten. Die Polizistin rief in der gleichen ruhigen Weise wie Raadik vorhin die Namen der beiden Entführer: Helin, Uku.

Auch hier keine Antwort. Kein Laut, bis auf das aufgeregte Gackern der Hühner und das Krächzen der Krähen, die über dem Gemüsegarten kreisten.

Plötzlich trat aus einer Seitentür des Schuppens, die Stefan von seiner Position aus nicht hatte sehen können, eine kleine schmächtige Gestalt in einem weinroten Overall: ein kindsgroßer Mann mit spärlichen dunklen Haaren, jedoch eindeutig ein Erwachsener, mit einem verwitterten, gelblichen Gesicht, das todernst und geradezu versteinert wirkte.

Tine schrie auf, als sie den Mann sah. Vor Schreck über dessen plötzliches Erscheinen, wie Stefan zuerst dachte, in Wahrheit aber aus Wut, denn in der nächsten Sekunde wollte sie bereits auf ihn losstürmen. Doch die Polizistin neben ihr war nach Tines erstem Anfall vor dem Haus vorhin auf der Hut und hielt sie nun am Arm fest.

Auf einmal stand auch Raadik neben Stefan und zischte ihn an, er solle sich ja nicht von der Stelle rühren. Dann eilte er auf den kleinen Mann vor dem Schuppen zu, der sich wie festgewachsen nicht von der Stelle rührte. Stefan dachte an die vermeintlichen zwei Kinder auf der Böschung vor ein paar Tagen und erkannte die starre Körperhaltung wieder. Nicht zu fassen, dass dieser Zwerg seinen Sohn entführt hatte. Er ballte unwillkürlich die Fäuste.

Unterdessen traten Tine und die Polizistin buchstäblich auf der Stelle, da Tine vorwärtsdrängte, Raadiks Kollegin sie aber zurückhielt.

Plötzlich kam eine weitere Person aus dem Schuppen. Das musste Helin Lepin sein, die Frau des Kleinwüchsigen, das Gesicht nicht ganz so verwittert wie seines, wahrscheinlich in mittlerem Alter, irgendwas zwischen vierzig und sechzig, schätzte Stefan. Die kleine Frau trug ein rotweiß geblümtes Kleid, rot und weiß waren anscheinend die Lieblingsfarben der »Päkapikud«, jedoch keine Kopfbedeckung; sie hatte hellbraunes Haar, in der Mitte gescheitelt. Um ihr rechtes Knie trug sie einen weißen Verband.

Sie stellte sich neben ihren Mann und scheinbar ungerührt beobachteten nun beide, wie Raadik sich ihnen mit federnden Schritten näherte.

Stefan hörte Tine schluchzen, die von der Polizistin inzwischen wohl mehr auf den Beinen gehalten als daran gehindert wurde, auf Leons Entführer loszustürmen.

Tine drehte den Kopf und warf Stefan einen flehentlichen Blick zu, den er auf Anhieb verstand. Er hatte ohnehin nicht vor, die unsinnige und im Grunde unmenschliche Weisung des Polizisten zu befolgen, sich nicht von der Stelle zu rühren. Mit großen Schritten näherte er sich Raadik, der mit den beiden Kleinwüchsigen sprach und ihn missbilligend ansah, als er die Gruppe erreichte.

Stefan spürte, dass er wie Tine unmittelbar davor stand, die Fassung zu verlieren: Hier waren Leons Entführer, so harmlos und kindlich klein sie auch aussehen mochten – sie reichten ihm kaum bis zur Hüfte –, und doch redete dieser naive Polizist mit ihnen wie auf einem Kaffeeplausch.

Stefan blickte in die scheinbar urzeitlichen Gesichter der beiden: runzlig und voller Falten, ihre Augen waren hellblau und beobachteten ihn offensichtlich ohne jede Anteilnahme, obwohl Raadik ihnen ihre verzweifelte Situation als Leons Eltern inzwischen doch geschildert haben musste.

Und was war eigentlich mit dem Schuppen? Raadik schien nicht die Absicht zu haben, hineinzugehen, um dort nach Leon zu suchen.

Im gleichen Moment hörte Stefan Tine wieder Leons Namen rufen. Aber sie klang nicht mehr wie sie selbst, sondern hoch und kläglich, schrill und dünn gleichermaßen: gespenstisch.

Stefan achtete nun erst recht nicht mehr auf die warnenden Worte, die Raadik ihm zuraunte: »Ruhig bleiben, Herr Bruderson. Ich mache das.« Er marschierte stattdessen in stechendem Schritt auf die Scheune zu, deren Dunkelheit durch den Spalt der halboffenen, in rostigen Angeln hängenden Tür unheilvoll auf ihn zu warten schien.

Raadik wiederholte seine Warnung an ihn. Stefan ging trotzdem hinein. Die Dunkelheit, die ihn draußen noch angestarrt hatte, verflüchtigte sich drinnen schnell, obwohl die Scheunentür von allein wieder halb zuschwang. Doch die Bretterverschalung des Schuppens ließ einige Lücken zu, durch die Licht wie durch grellweiße Wunden strömte.

»Leon?«

Er sah sich um, erkannte landwirtschaftliche Geräte, die vielleicht schon seit langer Zeit nicht mehr in Gebrauch waren: Egge, Pflug, Pferdegeschirr an der Seitenwand. Es war warm und still, ein hefiger Geruch hing in der Luft.

Plötzlich bewegte sich etwas hinter einem Schlittengespann in einer Ecke des Schuppens.

»Leon!«

Er lief auf den Schlitten zu, stolperte aber über einen Holzklotz, den er übersehen hatte, und stürzte der Länge nach hin. Im selben Moment rannte eine große, schwarzweiß gefleckte Katze in wildem Tempo an ihm vorbei hinaus ins Freie.

Er rappelte sich auf, sein rechtes Knie schmerzte, schien aber in Ordnung, das Gelenk war beweglich.

Von draußen drängten auf einmal Raadik und seine Kollegin mit Tine halb im Arm durch die Schuppentür.

»Stefan.« Tine machte sich von ihrer Bewacherin los und kam vorsichtig, da sie sich erst noch an die Dunkelheit gewöhnen musste, auf ihn zu. »Alles in Ordnung? Bist du verletzt?« Sie sah sich beinahe im gleichen Atemzug in dem Schuppen um.

Er rieb sich das Knie, auf das er gefallen war. »Leon ist nicht hier.« Er sah zu Raadik hoch, der inzwischen neben Tine stand, gleich dahinter seine Kollegin. »Was sagen Ihre Päkapikud? Sie haben doch mit ihnen gesprochen.«

»Helin und Uku haben ihrem Sohn nicht entführt, Herr Bruderson.« Raadik ließ einen tiefen Seufzer hören, den Stefan als Tadel an seinem Verhalten auffasste.

Stefan hörte auf, sein Knie zu massieren und richtete sich vollends auf. »Nicht entführt, nein? Was haben sie dann mit Leon gemacht?«

Tine berührte seinen Arm. »Sie geben zu, dass sie ihn gesehen haben, Stefan.«

Er klatschte hart in die Hände. »Na also.«

»Nein, Stefan. Sie sagen, dass er ihnen gefolgt sei und –«

Er starrte sie an. »Gefolgt? Freiwillig oder wie?«

»Ja. Sie sagen – das heißt, eigentlich redet nur die Frau, der Mann sagt keinen Ton dazu.«

»Spricht sie auch für Uku, sagt Helin«, ergänzte Raadik.

»Jedenfalls«, fuhr Tine fort, »die Frau sagt, sie hätten nicht gleich gemerkt, dass Leon ihnen gefolgt sei.«

»Blödsinn!« Stefan hielt diesen Schwachsinn kaum noch aus.

»Ich wiederhole nur, was sie den Polizisten gesagt haben, Stefan: Sie hätten den Kleinen zwar kurz auf ihren Handwagen klettern lassen, aber dann hätte die Frau ihm zu verstehen gegeben, dass er zurückgehen soll.«

Stefan konnte ein bitteres Lachen nicht unterdrücken. »Einem Zweijährigen, der nicht mal ihre Sprache versteht, raten diese zwei Komiker, zurückzugehen?«

Raadik machte einen halben Schritt auf Stefan zu. »Helin und Uku dachten, seine Eltern waren in Geschäft gleich gegenüber. Kinderbekleidung.« Er hob die Achseln, als könnten diese Umstände sie entlasten. »Außerdem sind in dieser Straße keine Autos, sind sie verboten, Sie wissen das.«

»Aber die beiden geben ja sogar zu …«

»Nein, Herr Bruderson.« Raadik unterbrach ihn mit einer Geste wie ein Verkehrspolizist. »Helin und Uku geben nicht zu. Sie berichten mir, dass sie Ihren Sohn gesehen. Wie Ihre Frau gesagt hat. Aber, dass sie das Kind nicht mitgenommen haben. Sondern zurückgeschickt.«

»Eben: Sie behaupten es. Aber was ist die Wahrheit?«

»Das wissen wir nicht, Herr Bruderson. Noch nicht.

Nur eines wissen wir.«

»Ah ja? Und was, bitte?«

Raadiks Oberkörper versteifte sich, er sah Stefan keine halbe Armlänge entfernt starr in die Augen: »Wir wissen, Herr Bruderson, dass nicht die beiden, Helin und Uku, für Ihnen Leon verantwortlich. Sondern Sie. Ihnen war Aufgabe, auf Ihren Sohn zu achten. Nein? Oder?«

Raadik wandte sich ab und verließ mit seiner Kollegin, die Stefan über die Schulter einen stummen Blick zuwarf, die Scheune.

9

Sie standen mitten in der Scheune, in einem grellweißen Lichtstreifen wie aus einem überbelichteten Film, und Tine hatte den unwiderstehlichen Drang, ihre Arme um Stefan zu schlingen. Sie presste ihr Gesicht an seine Brust und fühlte, wie ihr Weinen sein Hemd befeuchtete. Draußen vor der Scheunentür hörte sie Raadik und seine Kollegin mit den »Päkapikud« reden. Ruhig, gelassen und allzu freundlich, es klang wie die blanke Kumpanei.

Der Horror nahm kein Ende, ihre Verzweiflung hatte längst die Hoffnung erstickt, die sie vorhin noch bis zum Bersten erfüllt hatte, als sie sich der Bauernkate genähert hatten.

»Ich verstehe das alles nicht, Stefan«, brachte sie schließlich hervor. »Wo ist Leon?«

Stefan legte recht päpstlich seine Hände auf ihre Schultern und schaute über sie hinweg Richtung Scheunenausgang, vor dem Raadik und seine Kollegin weiter mit Leons Entführern sprachen. »Damit kommen die zwei nicht durch, Tine, das verspreche ich dir.«

Sie sah zu ihm auf. »Du meinst also auch, dass sie lügen?«

»Ja, ganz sicher.«

»Merkwürdig stoisch sind sie.«

»Gefühllos. Und das Männlein redet nicht mal mit unsereins. Vielleicht stimmt auch was in deren Oberstübchen nicht.« Er deutete mit dem Finger gegen die Stirn.

Tine hörte auf zu weinen und wischte sich die Tränen aus dem Gesicht. »Aber was sollen wir tun, Stefan? Auf dem Hof ist Leon nicht. Nicht in der Scheune ...« Sie deutete eine Kreisbewegung mit dem Kopf an. »Und im Haus auch nicht. Ihr habt ja nachgesehen, du und Raadik.«

»Aber ...« Plötzlich wurden sie sich beide bewusst, dass das Reden draußen vor der Scheune geendet hatte, und Stefan senkte die Stimme: »Ich bin sicher, dass sie Leon in der Nähe versteckt halten. Die beiden mögen ein Fall für den Psychiater sein, aber dumm sind sie vermutlich nicht. Und sie kennen garantiert jeden Stein in der Gegend. Vielleicht gibt es eine Art Höhle.«

»Eine Höhle?« Die Vorstellung fuhr ihr wie ein Faustschlag in den Bauch. Ihr wurde schlecht.

»Oder eine alte Hütte in der Nähe, wo sie ihn einsperren.«

»Hör auf, Stefan!« Sie ertrug solche Horrorvisionen nicht.

Ein Lichtkeil fiel in die Scheune.

Tine wandte sich um. Raadiks hohe, scharf umrissene Gestalt ragte in der Scheunentür auf, die er mit zwei Fingern einer Hand am erneuten Zuschwingen hinderte.

»Bitte kommen. Ihr Sohn ist nicht hier. Leider. Fahren wir.«

Tine griff nach Stefans Hand, leichenkalt, und drückte sie kräftig, als wollte sie einen Schwamm auspressen.

Zusammen verließen sie die Scheune.

Draußen im hellen Licht stand das aberwitzige Entführerpaar neben Raadiks Kollegin wie zwei brav tuende Kinder neben der jungen Mutter. Helin warf Tine ein zaghaftes, trauriges Lächeln zu, das wohl Mitleid signalisieren sollte. Uku ließ die Augen in seinem unbewegten Faltengesicht zu Stefan herüberwandern, was ihm, fand Tine, einen verschlagenen Ausdruck verlieh.

Stefan schien bemerkt zu haben, dass er beobachtet wurde, entzog Tine seine Hand und machte ein paar schnelle Schritte auf Uku zu. Er deutete mit dem Finger wie mit einer Pistole auf ihn: »Ihr lügt. Wir glauben euch beiden kein Wort. Nur damit ihr das wisst.«

»Herr Bruderson!« Raadik fuhr herum und baute sich schützend vor Uku auf, der selber keine Regung, schon gar keine Aufregung zeigte. »Genug. Nein. Sie gehen.« Er wies mit dem ausgestreckten Arm zum Einsatzwagen vor der Kate.

Dann geschah etwas vollkommen Unerwartetes: Uku Lepin ging einfach davon. Er schob seine winzigen Hände in die Taschen seines roten Overalls und stapfte gleichmütig an Stefan und Tine vorbei zum Haus, als ginge ihn das alles nichts an.

Das war zu viel für Stefan: Er machte eine etwas ungelenke Drehung und eilte Uku hinterher, allerdings stark humpelnd, das Knie deutlich gehandicapt durch seinen Sturz in der Scheune.

Tine erschrak bis ins Mark. »Stefan!« Es war klar, dass er sogar vor den Augen der Polizei über den Mann herfallen würde: »Stefan, nicht!« Er würde mal wieder alles verderben.

»Herr Bruderson!« Raadiks Stimme schnitt derart scharf durch die Luft, dass sie tatsächlich wirkte. Stefan, der Uku fast schon erreicht hatte – ohne dass dieser sich auch nur ein Mal umgewandt hätte –, blieb plötzlich stehen. Er atmete heftig, stemmte die Fäuste in die Seiten und senkte den Kopf; es war klar zu sehen, dass ihm erst in diesem Moment bewusst wurde, was er tat.

Jedoch ohne zu wissen, was genau er im nächsten Moment vorhatte, vermutete Tine.

Erleichtert wie nach einem nur knapp vermiedenen Auffahrunfall lief sie zu ihm hin. Er weinte. Sie umfasste seinen Kopf mit beiden Händen und sagte: »Komm.«

Tine war Raadik und auch seiner Kollegin dankbar, dass sie Stefan keine Vorhaltungen machten. Es war aber auch nicht schwer zu verstehen, in welch einer verzweifelten Situation sie sich beide befanden. Oder? Während der Fahrt über die Heide zurück zur Hauptstraße erläuterte ihnen Raadik, der hinterm Steuer saß, wie die Suchaktion nun weitergehe: mehr Kräfte vom Festland, dazu Mantrailer-Hunde und die Suchspots im TV, Radio und in den sozialen Netzwerken. Außerdem werde er eine psychologische Betreuung für Tine und Stefan ordern.

Stefan hob mokant das Kinn. »Vergessen Sie's.«

»Was, bitte?« Raadik suchte seinen Blick im Spiegel.

»Nein, danke, Herr Raadik, wir möchten keine Betreuung«, versicherte Tine verbindlich.

»Aber wäre besser für Sie.« Er zog die Brauen hoch; wenn er die Hände frei gehabt hätte, hätte er sie einladend ausgebreitet.

Stefan beugte sich vor: »Wie gesagt: Nein, danke.«

Raadik seufzte vernehmlich. »Wie Sie wollen.« Er wechselte ein paar Worte mit seiner Kollegin, die daraufhin mit ihrem Smartphone eine Botschaft absetzte.

Während der Rückfahrt zu ihrem Ferienhaus – Ellen Rummos Wagen und das Notfallteam waren bereits weit vorausgefahren – saß Stefan steif und aufrecht wie eine Kriegerstatue neben Tine im Fond des Wagens und schwieg. Sie war sich sicher, dass er etwas ausbrütete. Als sie ausstiegen und sie sein grimmig entschlossenes Gesicht sah, fühlte sie sich bestätigt und ihre Unruhe flackerte wieder auf.

Raadik, der noch mit ausgestiegen war, um sich vorläufig zu verabschieden, musterte Stefan skeptisch. »Bitte ganz in Ruhe bewahren, bis wir uns melden, jah?«

Tine tippte auf das sattgrüne Batteriesymbol ihres Smartphone-Displays. »Es bleibt immer angeschaltet.« Raadik nickte zufrieden und stieg wieder ins Auto. Die beiden anderen Fahrzeuge waren gar nicht erst in ihre Richtung eingebogen, sondern zurück nach Rugnar gefahren.

Stefan bedachte den davonfahrenden Einsatzwagen mit einem Blick der Verachtung.

Sie gingen ins Haus, das sie nicht abgeschlossen hatten. Wozu auch? Ihr kostbarster Schatz war Leon, und sie hatten ihn noch immer nicht zurück. Stefan sank auf einen der beiden Stühle an dem improvisierten Tisch im großen Zimmer und starrte feindselig vor sich hin. Tine fühlte nur Leere und Müdigkeit in sich, sie setzte sich nicht zu Stefan, sondern legte sich auf das zerwühlte Bett. So lag sie stocksteif auf dem Rücken, starrte wie paralysiert an die feuchtfleckige Decke.

»Tine.«

Stefan stand mit ihrem Smartphone in der Hand neben dem Bett und ragte in voller Größe über Tine auf. Sie hob den Kopf an, der Nacken feuerte heiße Schmerzspitzen in ihren Körper.

»Tine, es ist schon nach fünf.«

»Nein.« Das war unmöglich, sie hatte sich doch eben erst aufs Bett gelegt.

»Doch, gleich zehn nach fünf, Tine.« Er sagte es neutral, ohne Vorwurf in der Stimme, aber auch so leidenschaftslos, dass sie wusste, Raadik hatte nicht angerufen.

Sie richtete sich auf. Die Stunden waren traumlos über sie hinweggeglitten wie unter dem Einfluss von K.-o.-Tropfen. Sie schaute auf das Smartphone in seiner Hand. »Etwas Neues?«

»Nein.« Stefan schüttelte frustriert den Kopf. »Nicht mal das, was uns versprochen wurde, passiert.« Er wandte sich ab und setzte sich an den Tisch.

»Wie meinst du das?« Ihre Beinmuskeln krampften, als sie aufstand. Sie versuchte, sie durch Schütteln zu lockern, und setzte sich dann Stefan gegenüber. Die Sonne, bemerkte sie, stand schwachgelb in den zwei Fenstern nach Süden, es war warm, die Luft im Raum stickig.

Stefan legte das Smartphone auf den Tisch und schob es achtlos in Tines Richtung. »Ich habe das Netz durchgepflügt. Nach den Suchmeldungen der Polizei geschaut, alle möglichen Stichwörter eingegeben et cetera.«

»Und?«

»Nichts. Das ist es ja eben. Ich finde nichts von dem, was dieser Polizist –«

»Raadik.«

»Raadik uns versprochen hat: kein TV- oder Radiospot, kein Hinweis auf deren Websites, dass auf Kiirsi ein kleiner Junge gesucht wird. Nur auf der Homepage der Polizei in Rugnar ist eine Meldung mit Leons Foto geschaltet.«

»Vielleicht liegt es an der Sprache? Hast du in ihrer Sprache danach gesucht?«

»Aber ja, Tine. Was denkst du denn?« Er verzog das Gesicht. »Du darfst es aber gerne noch mal selber versuchen.«

Er gab dem Telefon einen weiteren Stoß mit den Fingern, so dass es über die Tischkante hinaus rutschte und in ihren Schoß fiel.

»Schon gut.« Botschaft angekommen. Sie legte das Smartphone zurück auf den Tisch. »Entschuldige.« Sie suchte seine Hände, aber er hielt sie unter dem Tisch wie mit gezinkten Karten im Ärmel. Er schwieg.

»Stefan, bitte sag doch was.«

Er warf ihr einen harten Blick zu. »Ich muss dir vertrauen können, Tine.«

»Das kannst du, Stefan.«

»Du hast gesagt, du hättest mich angelogen.«

Der Satz verwirrte sie. »Ich verstehe nicht, worauf du ...«

»Dirk. Du hast mich seinetwegen angelogen.«

»Ich habe dich nur in dieser einen Situation heute Nacht angelogen, Stefan.« Aber wieso kam er jetzt damit? Sie hatten weiß Gott andere Probleme. »Dirk und ich haben nichts und wir hatten auch nie etwas miteinander. Es war ... dumm von mir. Ich habe das zu dir gesagt, weil ich mich über dich geärgert habe, dich und Hanna.«

Seine Haltung versteifte sich wie auf Knopfdruck bei dem Namen. »Du willst jetzt aber nicht über Hanna reden.«

Sie schüttelte resigniert den Kopf. »Nein.« Resigniert, weil sie inzwischen wusste, dass Hanna ihn nie ganz hergeben würde, und dass Stefan das nicht einmal wollte, egal was geschehen, wie schlecht sie ihn im Job behandeln würde. Stefan hatte bereits ein Baby mit Hanna, lange bevor

Leon geboren war: Das Startup war nicht nur ihr gemeinsames Projekt, es war das Kind, das Stefan mit Hanna gemacht und dem er sein ganzes Herz geschenkt hatte, für immer. Hier auf Kiirsi war diese Erkenntnis, die Tine schon früher erahnt hatte, zu einer unumstößlichen Tatsache geworden. Daraus folgte, dass der einzige Mensch, der jemals ganz und gar zu ihr gehören würde, Leon war, ihr Kleiner.

Leon. Tines Hände begannen zu zittern. Sie hatte solche Angst um ihn. Und auch um sich.

»Tine, ich muss dir vertrauen können«, wiederholte Stefan seine Worte noch eindringlicher als zuvor. »Weil wir jetzt zusammenhalten müssen. Unter allen Umständen.«

»Wie meinst du das? Sag es mir.« Ihre Ungeduld mit ihm schwoll an wie ein Hochwasserfluss.

Sein Blick, in dem ein Hauch Verschwörung lag, der ihr lächerlich vorkam, bohrte sich in ihre Augen. »Wir sollten zu ihnen zurückgehen.«

Mit einem Schlag verstand sie ihn.

Er schob sein Kinn vor, um zu zeigen, wie entschlossen er sei. »Sie haben ihn irgendwo bei sich in der Nähe. Wir müssen sie irgendwie unter Druck setzen.«

Er ließ Tine nicht aus den Augen, beobachtete jede ihrer Regungen. Er ahnte vermutlich, dass er einen Gedanken ausgesprochen hatte, dem freien Lauf zu lassen sie sich noch nicht gestattet hatte. Der aber bereits in ihr lauerte, seitdem sie von der Polizei gezwungen worden waren, den Hof der »Päkapikud« zu verlassen.

Stefan ließ seiner Geringschätzung freien Lauf: »Diesem Raadik, seiner Kollegin, der Polizei überhaupt fehlt das Engagement, sobald Einheimische im Spiel sind. Vielleicht mangelnde Professionalität, in jedem Fall fehlende Objektivität.« Ihm entfuhr ein klägliches Lachen. »Und bei einem so harmlos aussehenden Paar zuckt auch die Festlandspolizei zurück, sie ist ja nicht mal bis auf den Hof vorgefahren. – Nein, Tine«, er schüttelte heftig den Kopf, »wir müssen das jetzt selbst in die Hand nehmen, wenn wir Leon jemals zurückbekommen wollen.«

Tine atmete schneller, ihr brach am ganzen Körper der Schweiß aus, sie glaubte, ihre eigene Angst riechen zu können. Sie zwang sich, ruhiger zu atmen, versuchte trotz allem, die Dinge klar zu sehen. Einerseits: Stefan hatte recht. Sie hatte nur zu gut im Kopf, wie vertraut Raadik und seine Kollegin mit den »Päkapikud« gesprochen hatten. Beinahe mit Gewalt wurden dagegen sie und Stefan daran gehindert, in direkten Kontakt mit ihnen zu treten. Das Problem war, dass das Paar bei den Leuten auf der Insel wegen seiner körperlichen Besonderheit einen Schutzstatus wie Inselheilige zu genießen schien.

Andererseits: Wenn das, was Stefan nun im Sinn (und auch sie selbst schon im Hinterkopf gehabt) hatte, ein Fehler war, oder wenn es scheiterte – dann würden sie und Stefan die Folgen ein Leben lang zu tragen haben. Am schlimmsten aber Leon.

Und trotzdem: Gerade um Leons willen mussten sie etwas unternehmen. Das Kind war mittlerweile seit mehr als vierundzwanzig Stunden verschwunden. Und von einer Polizei mit Beißhemmung durften sie keinen Erfolg erwarten.

Sie sahen sich kurz an und standen in einer synchronen Bewegung von ihren Stühlen auf. Stefan schlug vor, über den Strand zu gehen. Vom Meer her, argumentierte er, könnten sie sich dem Hof vermutlich weitgehend unauffällig nähern, da der einzige Zugangsweg, der Bauernweg, aus der Gegenrichtung, von der Hauptstraße her, zum Hof führte. Außerdem sei der Weg über den Strand die kürzeste Strecke bis zum Hof der Entführer. »Die Telefone lassen wir aber besser hier. Ich will nicht, dass man uns orten kann.«

Tine gefiel das nicht. »Telefonieren könnte extrem wichtig sein.«

»Okay, wir nehmen dein Smartphone mit, Tine, schalten es aber aus, bevor wir dort sind. Werden ja sehen, ob wir es brauchen.«

Tine nahm ihr Telefon und steckte es in die Tasche ihrer Jeans.

Sie nahmen den Weg zur Bucht wie am ersten Tag zusammen mit Leon. Als sie das Meer erreichten, schäumten freundliche kleine Wellen an Land, die See war preußischblau, der Himmel ein paar Schattierungen lichter und wolkenlos bis auf ein paar Kondensstreifen. Keine Menschenseele weit und breit an diesem verlorenen Strand.

Es war anstrengend, auf dem weißen, feinkörnigen Sand zu gehen, und es dauerte weit länger als gedacht, ehe sie das andere Ende der Bucht erreichten. Um den Vorsprung des Felsens herum, auf dem Kiefernkrüppel und Büsche sich gegen die Zumutung des stetigen Windes stemmten, mussten sie über Kiesel staksen und große Steine umrunden. Dann lag die nächste Bucht vor ihnen, für die sie am Ende wohl etwa genauso lange brauchen würden wie für die erste, schätzte Tine.

In der ganzen Zeit kein Anruf von Raadik. Kein Anlass, hieß das, ihr Vorhaben abzubrechen. Sie marschierten schweigend. Tine dachte unentwegt an Leon und verbot sich zugleich jeden Gedanken daran, was geschehen mochte, wenn sie die Bauernkate erreichten, was genau sie tun würden.

Am Ende der Bucht führte eine primitive Treppe die Böschung hinauf: Äste markierten Rechtecke aus Sand, die durch kurze Schalbretter fixiert und am Abrutschen gehindert wurden. Oben auf der Böschung wieder das gleiche Bild: Kiefernkrüppel, hartes Seegras, Disteln, hier und da Wildrosenbüsche und Wacholdersträucher.

Tine warf einen Blick hinaus aufs Meer. Die Sonne stand nicht mehr weit über dem Horizont, bald würde sie dahinter verschwinden.

Sie marschierten nach Gefühl los, weg vom Strand. Schon nach kurzer Zeit merkten sie, dass sie sich in genau der Heidelandschaft bewegten, durch die sie am Vormittag in Raadiks Einsatzwagen, allerdings von der anderen Seite, von der Hauptstraße her, gefahren waren. Die sommerliche Heide schimmerte violett, braungrau und moosgrün im honiggelben Licht, alles täuschend schön. Die scheinbare Idylle verlieh ihrer Mission etwas Unwirkliches, so dass es

Tine leichterfiel, daran festzuhalten. Den Kräuterduft, das Geschrei der Möwen und das Krächzen, Schnarren und Pfeifen irgendwelcher Vögel nahm Tine jedoch nur unterhalb der Aufmerksamkeitsschwelle wahr. All das glitt an ihr vorbei wie im Großstadtalltag die Auspuffgase, Gulliausdünstungen, dröhnenden Busse, Fetzen von Unterhaltungen oder Hundegebell. Doch wonach sie immer wieder Ausschau hielt, Hubschrauber in der Luft, davon war nichts zu sehen.

Bald sahen sie hinter dem Anstieg einer Bodenwelle, die noch aus der Eiszeit stammen mochte, das moosbedeckte Reetdach einer Bauernkate. Und als sie sich weiter näherten, erkannten sie, dass es »deren« Haus war. Sie entschieden, jetzt das Telefon auszuschalten.

Stefan schlug vor, die Lepins zuerst eine Weile aus sicherer Distanz zu beobachten und zu dem Zweck den Hof in großem Bogen zu umrunden, um hinter dem grasbewachsenen Hügel mit den moosbewachsenen Steinen Position zu beziehen, an dem sie heute Vormittag im Einsatzwagen vorbeigefahren waren. Auch die anderen Einsatzwagen hätten hier gestanden, um im Fall der Fälle einzugreifen.

Tine meinte sich hingegen zu erinnern, dass sich die Einsatzwagen hinter großen Haselbüschen befunden hätten, aber das spielte keine Rolle. Sondern nur, dass sie ohne Leon hatten fortfahren müssen.

Aber war es wirklich richtig, was sie nun taten?

Skrupel und Angst befielen sie erneut. Wenn sie sich nun täuschten und Helin und Uku Lepin in Wahrheit unschuldig waren? Dann aber, beruhigte sie sich, hatten sie es wenigstens versucht, und das seltsame Paar – gefühllos, hatte Stefan geurteilt – würde es überleben. Den Versuch und das Risiko waren sie Leon einfach schuldig. Sie verstand jetzt sogar, dass Stefan vorhin noch einmal wie aus dem Nichts die Sache mit Dirk aufs Tapet gebracht hatte: Wahrheit und Lüge dessen, was sie vorher zu ihm gesagt hatte, waren für ihn nur ein Testfall für ihre Verlässlichkeit gewesen. In der Extremsituation, in der sie sich befanden, gestand sie ihm diese Verrücktheit zu.

Sie umrundeten in Steinwurfweite den Hof und wären um ein Haar gesehen worden, als sie dem Grashügel, der ihnen Schutz und Sicht zugleich gewähren sollte, schon ganz nah waren. Die »Päkapikud« befanden sich in ihrem großen Gemüsegarten hinter dem Haus, Helin trug jetzt eine grüne Weste über dem rotweißen Kleid, Uku einen dunklen Schlapphut auf dem Kopf. Beide hatten Gartengeräte mit kurzen Stielen, sie einen Rechen, er eine Harke, mit denen sie den Erdboden zwischen den Gemüsebeeten traktierten. Hätten sie auch nur ein einziges Mal die Köpfe gehoben, wären Tine und Stefan entdeckt gewesen.

Doch sie schafften es, unbemerkt bis hinter den Hügel zu gelangen. Dort lugten sie zwischen den riesigen Steinen auf der Kuppe hindurch, um das Paar im Blick zu haben.

Es mochte eine knappe Stunde gedauert haben – Tine kontrollierte die Zeit nicht mehr, sah nur hin und wieder in großer Höhe einen Jet über den blanken Himmel ziehen, von Aufklärungshubschraubern jedoch keine Spur –, ehe die »Päkapikud«, deren Köpfe immer wieder zwischen den hohen Erbsen- und Bohnenbeeten verschwanden, genug von ihrer Arbeit hatten.

Uku trug Rechen und Harke zum Schuppen, Helin ging um das Haus herum, aber nicht hinein. Tine war dafür, die beiden jetzt zu überrumpeln, vielleicht hatten sie den Kleinen längst aus seinem Versteck ins Haus geholt, weil sie sich nach dem Abgang der Polizei sicher fühlten – und fühlen konnten.

Stefan glaubte nicht daran. »So ruhig, wie die beiden sich in der letzten Stunde verhalten haben? Nein, sie würden nicht seelenruhig in ihrem Garten arbeiten, wenn Leon im Haus wäre und jeden Moment anfangen könnte zu schreien.«

Tine musste ihm recht geben und verbat sich jeden Gedanken an weit schlimmere, schrecklichere Möglichkeiten, was mit Leon inzwischen geschehen sein konnte.

Dann kehrte Uku aus der Scheune zurück, in der einen Hand schleppte er einen großen Metalleimer, in der anderen trug er zweifelsohne eine Axt.

Tine wollte vor Entsetzen bereits aufspringen und hinrennen, aber Stefan hielt sie am Arm fest. Er deutete auf Helin, die mit einem riesigen schwarzen Huhn im Arm (oder einem Huhn, das in ihren Armen riesig aussah) von der Rückseite des Hauses zurück ins Blickfeld kam. Sie trug das Huhn zu dem Hackblock, an dem ihr Partner mit dem Beil bereits auf das Opfer wartete.

Es ging dann alles ganz schnell und routiniert.

Sie presste das flatternde Huhn auf den Hackblock, wendete es ein paarmal hin und her, bis der Kopf anscheinend richtig lag, *er* holte kurz aus, und schon sauste das Beil aus kurzer Distanz und mit erschütternder Wucht auf den Hals des Tiers nieder. Ein sogar noch für Tine und Stefan hinter dem Hügel vernehmbarer dumpfer Schlag ertönte, dann schlug das geköpfte Huhn noch ärger mit den Flügeln als zuvor in lebendigem Zustand. Die Frau hielt es jedoch an den gelben Beinen fest in der Hand, ließ es seitlich neben dem Hackblock ausbluten und steckte es schließlich kopflos halsüber in den Eimer.

Tine spürte angesichts dieser Szene, dass sie nahe daran war, ohnmächtig zu werden.

Aber dann siegte die Angst.

Eine namenlose Angst, zu spät zu kommen. Vielleicht am Ende sogar den einen entscheidenden Moment zu verpassen, der Leon womöglich das Leben kosten konnte. Sie sprang auf und rannte um den Hügel herum auf den Ort der Hinrichtung zu, ohne zu wissen, was sie tun würde, wenn sie die beiden, die ihr Kind entführt hatten, erreicht hätte.

»Tine!« Sie hörte Stefans aufgeregte Stimme in ihrem Rücken. »Tine, nicht!«

Sie rannte weiter, steuerte in einer plötzlichen Eingebung jedoch um und lief auf das Haus zu. Die »Päkapikud« standen wie Wachsfiguren neben dem Hackblock und machten keinen Schritt, um sie aufzuhalten.

10

Für Stefan sah es so aus, als hätte Tine den Verstand verloren. Als hätte sie plötzlich Leons Stimme gehört, rannte sie los, über das offene Feld, dann an den Gemüsebeeten vorbei auf den Hackblock im Hof zu, wo Helin und Uku mit totem Huhn und bluttriefendem Beil in ihren Händen offenbar nicht wussten, wie ihnen geschah, da sie wie versteinert stehenblieben und mit starren Mienen Tine erwarteten, die auf sie zugerannt kam.

Nach zwei, drei Schrecksekunden sprang Stefan auf und schrie ihr hinterher. Das schien Tine zu beeindrucken, jedoch nicht aufhalten zu können. Denn urplötzlich änderte Tine ihre Laufrichtung, rannte zum Haus hinüber und verschwand darin. Uku und Helin setzten sich nun wortlos ebenfalls in Bewegung, strebten, ohne hektisch zu wirken, erstaunlich schnell auf ihr Haus zu, das Huhn im Metalleimer und das Beil nahmen sie mit.

Stefan rannte los, das Paar beachtete ihn jedoch gar nicht, es wollte nur möglichst schnell ins Haus, wie es aussah, Tine hinterher.

Schon nach den ersten Metern spürte Stefan die Schmerzen in dem Knie, auf das er am Morgen bei dem Sturz in der Scheune gefallen war. Es hatte ihm bereits bei ihrem beschwerlichen Marsch am Strand entlang und die Böschung hinauf zu schaffen gemacht, aber jetzt wurde der Schmerz unerträglich, und er war nur noch zu einem makabren Humpeln fähig. So waren die »Päkapikud« lange vor ihm im Haus.

Er hatte schon befürchtet, sie könnten versuchen, die Tür vor ihm zu verriegeln, aber als er das Haus schließlich erreichte, war sie nur angelehnt, er musste nicht einmal den Eisenstift drücken, der die Klinke darstellte. Um für einen maximal beeindruckenden Auftritt zu sorgen, stieß er die Tür mit dem Fuß des unverletzten Beins auf. Es schepperte und polterte, der Metalleimer mit dem Huhn und das blutige Beil waren auf die groben Holzplanken des Fußbodens gefallen, Blutspritzer ringsum und eine kleine böse Lache. Die winzige Frau und ihr Mann, der ihm mehr denn je wie der verschlagene Zwerg aus einem alptraumhaften Märchen vorkam, hatten ihre Utensilien vor Schreck fallengelassen und drängten sich neben dem Herdmonster aneinander.

Es war das erste Mal, dass Stefan irgendeine Gefühlsregung bei dem Paar beobachten konnte, und er fühlte eine spontane Genugtuung deswegen.

Seine Augen durchdrangen das graue Zwielicht der Küche, in die durch das kleine Fenster dem Herd gegenüber kaum noch Tageslicht fiel, und zoomten zu der Dunkelheit des Flurs hinüber, der sich rechter Hand anschloss.

Von Tine keine Spur.

»Tine?«

Er horchte vergeblich auf irgendein Geräusch von ihr, auf ihre Stimme oder gar die von Leon, und er hätte ein paar Schritte in Richtung Flur gemacht, wenn er nicht hätte fürchten müssen, dass die zwei monströsen Zwerge, die sein Kind entführt hatten, durch die Tür nach draußen entkamen.

Glücklicherweise trat Tine im nächsten Moment aus dem hinteren Zimmer, dem Schlafzimmer, wie er ja wusste, und hastete durch den Flur zurück zur Küche.

Sie zerrte mit einer Hand an ihren Haaren, mit der anderen beschrieb sie wilde Bewegungen in der rauchigen Luft. Ihre Verzweiflung war zweifellos echt, hatte aber, Stefan konnte sich nicht helfen, dennoch einen etwas theatralischen Zug.

»Er ist nicht hier, Stefan. Ich sehe auch keine Anzeichen dafür, dass er es je gewesen ist.« Sie warf dem Paar einen wirren Blick zu, das sich neben dem Herd dicht aneinanderdrängte. »Ich bin mir nicht mal mehr sicher, dass die beiden etwas damit zu tun haben. Vielleicht haben sie wirklich nur –« Sie stockte plötzlich. Ihr umherschweifender Blick war auf das Beil und das tote Huhn am Boden gefallen. Das aus dem Eimer geflossene Blut bildete eine handbreite Pfütze, es glich einem großen braunroten Auge, das wie das Auge eines Elefanten alles zu sehen schien.

Stefan ging nicht auf Tines Zweifel ein – falscher Zeitpunkt, falscher Ort, falsche Schlussfolgerung –, sondern forderte stattdessen das Smartphone von ihr, schaltete es ein – Scheiß auf die Vorsichtsmaßnahmen, es ging um Leon – und rief aus dem Menü das Foto von ihm auf, das sie auch Raadik für die Fahndung übermittelt hatten. Er trat dicht an das Paar heran, das sich noch fester (falls das möglich war) aneinanderklammerte, und hielt ihnen Leons Bild aus nächster Nähe, das heißt in Höhe seiner Hüfte, vor die Augen.

»Leon, unser Sohn. Sie erkennen den Jungen natürlich. Wo ist er? Wo, zum Teufel?«

Die »Päkapikud« schauten jedoch nicht das Foto, sondern starrten Stefan an. Sie zitterten sichtlich vor Angst, stellte er befriedigt fest, sie verstanden also, dass das hier ernst war. Tine und er, sie würden ihr Hexenhaus nicht eher verlassen, bis sie ihnen zu verstehen gegeben hatten, wo sich der Junge befand.

»Stefan, sie sprechen kein Deutsch.«

Er fuhr den Kopf zu Tine herum und stieß ein verächtliches Schnauben durch die Nase. Dass sie glaubte, ihn daran erinnern zu müssen, machte ihn noch wütender. »Trotzdem verstehen sie mich sehr gut. Die wissen genau, worum es geht.« Er beugte sich herunter und starrte ihnen direkt in die Augen: »Nicht wahr? Ihr wisst, wo Leon ist.« Er schlug mit der flachen Hand auf die blanke Eisenfläche des Herds. »Ich will wissen, wo er ist. Sofort!« Er zeigte ihnen wieder das Bild, so nah, dass das Display von dem Atem beschlug, den sie nun hektisch ausstießen.

»Stefan, hör auf damit.«

Er wandte sich halb um und starrte nun Tine an. »Ich habe dich vorher gefragt, oder? Ich habe dich gefragt, ob ich mich bei der Aktion auf dich verlassen kann. Richtig?« Sie schwieg, widersprach ihm also nicht. »Deshalb darf ich wohl erwarten, dass du mich jetzt unterstützt, statt mir in den Rücken zu fallen, Tine. Ich mach das nicht für mich. Sondern für Leon. Klar?«

Er wartete ihre Antwort nicht ab, sondern fixierte erneut

das Paar, das sich inzwischen in die äußerste Ecke hinter dem Schamotteherd zurückgezogen hatte: durch das Schicksal aneinandergekettet wie Siamesische Zwillinge.

»Also, Freunde. Mein Sohn. Leon.« Er hielt wieder das Display hoch. »Wo habt ihr ihn versteckt?«

Die beiden vermieden es, ihn anzusehen, sondern schlossen die Augen und senkten die Köpfe.

Das brachte ihn endgültig aus der Fassung. Er stürzte auf sie zu, packte den Puppenarm des kleinen Manns und zerrte daran. »He, Zwerg, so läuft das nicht. Einfach wegschauen ist nicht. Glaubt ja nicht, dass ihr so einfach davonkommt.«

Doch keiner der beiden öffnete die Augen, sie ließen sich lieber von ihm schütteln und zerren, als ihm ins Gesicht zu schauen.

Plötzlich spürte er einen Stoß von hinten in die Nierengegend, und er fuhr wütend herum.

»Was zum Teufel soll das, Tine? Ich versuche nur –«

»Nein, Stefan. Bitte. Hör auf damit.« Sie sah ihn flehentlich an. Das Tageslicht hatte sich inzwischen so sehr verflüchtigt (oder kam ihm das nur so vor?), dass ihr Gesicht bereits mit dem dunklen Rauchgrau der Küche zu verschwimmen schien. »Sie werden nichts sagen, Stefan«, setzte sie nach, »auch wenn du sie noch so sehr schikanierst.«

»Okay, Tine.« Er sah sie genervt an. »Was schlägst du stattdessen vor, was?«

»Warten.«

»Warten?« Sein Mund blieb vor Verblüffung halb offen. »Worauf, Tine?«

»Darauf, dass sie sich von ihrem Schrecken erholen. Und weich werden. Vielleicht Mitleid mit uns haben, falls sie überhaupt ...«

Sie hatte mit tränenerstickter Stimme gesprochen, und er betrachtete das Siamesische Paar, das effektvoll schlotternd in der Ecke stand, die Augen noch immer dramatisch geschlossen, die Köpfe theatralisch gesenkt.

Vielleicht, überlegte er, war Warten im Wechsel mit Flehen und dann wieder Drohen sogar eine noch effektivere Strategie, um den Widerstand dieser kleinen Monster zu brechen.

Er setzte sich also mit dem Oberschenkel halb auf den niedrigen Tisch – und wartete. Ließ das Paar jedoch keinen Moment aus den Augen. Nach einer Weile, in der Tine stumm neben ihm gestanden hatte, hoben sie tatsächlich ihre Köpfe und starrten ihn mit angstgeweiteten Augen an.

»Seht ihr, diese Angst, die ihr vor mir habt, hat unser Junge vor euch, solange ihr ihn in eurer Gewalt habt.«

»Ich halte das nicht mehr aus!«, stieß Tine plötzlich rau hervor, riss die Tür auf und rannte hinaus in das graublaue Licht des Abends, der sich auf das Haus gesenkt hatte.

»Tine!« Stefan ließ vor Überraschung das Smartphone auf die Tischplatte fallen, sprang von seinem Platz auf und stürmte ihr nach.

Sie lief über den Hof am Hackblock vorbei zur Scheune. Doch er war sicher, dass sie ihn auch jetzt nicht darin finden würden. Das Paar hatte andere Möglichkeiten, ihn festzuhalten, als dort in der Scheune, in die jeder hineinspazieren konnte.

Wegen seiner Knieverletzung holte er Tine erst ein, als sie schon in der Scheune war. Sie stand unmittelbar hinter der halb offenen Tür. Es war bereits stockdunkel darin, deshalb war sie nicht weiter hineingegangen.

»Leon?«, rief sie schwach. Sie glaubte im Grunde selbst nicht, dass der Kleine inzwischen hier in der Scheune war, schloss Stefan aus ihrer Verzagtheit.

»Er ist nicht hier, Stefan.«

»Nein.«

»Ich meine ...« Sie wandte ihm ihr Gesicht zu, das er schemenhaft wahrnahm. »Er ist überhaupt nicht auf diesem Hof. Nie hier gewesen.«

Sein Plan war falsch, idiotisch. Das wollte sie ihm also sagen. Er biss die Zähne zusammen, um nicht laut aufzuschreien.

»Wir sollten gehen, Stefan. Schnell.«

»Nein. Noch nicht.«

Er würde diesen verfluchten Ort nicht ohne den Beweis verlassen, dass sich in dem Schuppen kein Hinweis fand, nicht ein einziger, dass Leon sich je darin aufgehalten hatte. Er machte zwei Schritte vor und suchte innen neben den Türpfosten nach einem Lichtschalter. Fand aber nichts. Selbst das Licht, schien es, hatte sich gegen ihn verschworen. Doch plötzlich nahm er einen hellen Schimmer unten neben der Tür wahr, er beugte sich hinunter und fand eine Kerze. Gleich daneben entdeckte er eine große Schachtel mit Riesenzündhölzern, wie man sie wahrscheinlich nur noch in Illustrationen alter Märchenbücher fand.

Er nahm ein Zündholz heraus, rieb es über die Reibfläche an der Seite der Schachtel und zündete in einer einzigen Bewegung die weiße Kerze an.

»Stefan, was …?« Tine kniff die Augen zusammen, als würde sie geblendet und ließ den Satz unvollendet. So unvollendet, dachte er plötzlich, wie es ihre Beziehung sein würde, wenn das hier vorbei war. Dann nämlich würde er sich von ihr trennen. Und Leon würde bei ihm bleiben, dafür würde er sorgen. Ihr Verhalten, hier und jetzt, wo es wirklich darauf angekommen wäre, dass sie sich solidarisch mit ihm verhielt, hatte ihm zu der glasklaren Erkenntnis verholfen, dass sie nicht zusammengehörten. Alles ein Missverständnis, grausam in die Länge gezogen, mit einem desaströsen, aber entlarvenden Ende.

Er machte ein paar Schritte vor und leuchtete aus einem unbezwingbaren Impuls heraus mit wilden Bewegungen hierhin, dahin, dorthin. Die alten Landwirtschaftsgeräte, Egge, Pflug, der Pferdeschlitten und alles andere erschienen in dem trüben, unruhigen Schein der Kerze wie hoffnungslos unterbelichtete Objekte auf einem vergilbten alten Foto.

Plötzlich lösten sich einige Funken der Flamme mit einem Stück Wachs der herumgewirbelten Kerze und landeten auf dem Boden. Erst in diesem Moment realisierte er, dass auf der gestampften Erde Strohreste lagen. Sie fingen sofort Feuer, und eine sich windende Straße aus

Strohhalmen wurde schon im nächsten Moment von den züngelnden Flammen verzehrt.

»Stefan!« Tines panischer Aufschrei schrillte in seinen Ohren.

Das Feuer flackerte binnen Sekunden an mindestens drei weiteren Strohstellen auf, die ihm nicht mal am Morgen, als er an derselben Stelle schon einmal gestanden hatte, aufgefallen waren. Er war sich sofort der Gefahr bewusst: Das Stroh gab dem Feuer zwar nicht allzu viel Nahrung, aber wenn Funken oder sogar Flammen auf anderes Material übersprangen, knochentrockenes altes Holz zum Beispiel, würde die Scheune bald brennen wie ein Fanal.

Und doch war er unfähig, etwas dagegen zu unternehmen, er stand wie gelähmt inmitten der Feuerstreifen, die in bizarrer Schönheit über den Scheunenboden liefen wie glühende Lavaströme einen Felshang hinunter.

Auf einmal schoss Tine an ihm vorbei. Sie hatte, woher auch immer, eine Decke in den Händen und schlug damit in allen Richtungen nach den Flammen. Es erinnerte ihn an die Bewegungen eines Toreros mit dem Tuch, das den Stier reizen sollte. Tine kämpfte erstaunlich effektvoll, das Flammenspektakel am Boden erstarb und fand schließlich keine Nahrung mehr.

Sie standen wieder im Dunkeln. Er brauchte einige Augenblicke, ehe er begriff, dass er sich wie ein Zuschauer in einer Arena verhalten hatte, statt Tine zu helfen, das Feuer zu bekämpfen. Er hielt sogar immer noch die Kerze in der Hand, die absurderweise ausgegangen war.

Tine tastete hustend nach ihm, schlug ihm die Kerze aus der Hand, und gemeinsam eilten sie auf das graue Licht zu, das in der noch halb offenen Scheunentür stand.

Kaum waren sie draußen, ließ Tine seinen Hemdsärmel los, holte aus und schlug ihm mit voller Wucht die flache Hand ins Gesicht.

»Du mieser ... Du ...« Sie heulte und schniefte vor Wut, doch es gelang ihm, ihre Hand zu greifen und festzuhalten.

»Es war ...« Aber er wusste, dass es keine Entschuldigung, nicht mal eine Ausrede dafür geben konnte.

Er ließ ihre Hand los und trat einen Schritt zurück.

Doch sie hatte wohl ohnehin kein Interesse mehr, oder nicht die Kraft, ihn weiter zu schlagen. Sie drehte sich um, wankte über den Hof, in dessen Winkeln graue Schatten lauerten.

Stefan sah ihr apathisch hinterher, bis sie im Haus verschwunden war. Déjà-vu. Er setzte sich langsam in Bewegung und folgte ihr mit einem Gefühl vollkommener Leere. Doch er ging nicht ins Haus, sondern wartete vor der Tür darauf, dass Tine herauskam. Er horchte und hörte sie drinnen leise und eindringlich sprechen. Was sie sagte, verstand er nicht.

Nach einer Weile öffnete sich die Tür und sie kam heraus. Sie sah ihn nicht an, sondern ging achtlos an ihm vorbei.

11

Als sie ins Haus zurückgegangen war, hatte auf dem Küchentisch überraschend ihr Telefon gelegen. Stefan hatte es anscheinend achtlos dort zurückgelassen, als er ihr aus dem Haus gefolgt war. Das Gerät war noch eingeschaltet, Tine warf einen Blick auf das Display, doch von Raadik keine Nachricht.

Stefan schien den Verstand verloren zu haben. Um ein Haar hätte er die ganze Scheune in Brand gesetzt, was dann womöglich auf das Wohnhaus übergegriffen hätte. Alles Folge seiner Unfähigkeit, zuzugeben, dass er sich verrannt hatte. Dass ein Fehler nicht durch einen weiteren ausgeglichen wurde.

Sie war nun noch mal ins Haus zurückgekehrt, um zu sehen, ob gegenüber den »Päkapikud« noch irgendetwas zu retten war.

Die beiden klammerten sich wie zuvor aneinander und standen stumm und ergeben in der Dunkelheit hinter dem schützenden Schamotteofen, als sei das fortan ihr Platz im Leben. Das ausgeblutete Huhn, das neben dem umgestürzten Eimer und der tödlichen Axt auf dem Fußboden lag, hatten sie nicht einmal angerührt, um es fortzutragen.

Also hatte Tine sich entschuldigt, die beiden um Verzeihung, um Vergebung gebeten, was auch immer die deutsche Sprache an Entschuldigungen hergab – im Vertrauen darauf, dass das verängstigte Paar, wenn auch nicht die Sprache, so doch Tines Gesten verstand.

Sie redete bewusst leise, näherte sich ihnen nur um einen einzigen Schritt und suchte gar nicht erst nach einem Lichtschalter, vielleicht gab es nicht mal einen, sondern hier wie in der Scheune nur Kerzenbeleuchtung.

Allein der flehende Klang ihrer Stimme sollte für sie sprechen. Und für Leon. Tine versuchte, ihnen klarzumachen, dass sie ihnen glaubte: Der Junge sei aus dem Café gelaufen, weil sein Vater nicht achtgegeben habe. Ihn, Leons Vater, sie deutete mit der Hand nach draußen in Richtung Scheune, treffe allein die Schuld. Als der Kleine die beiden vermeintlichen Kinder durch das Panoramafenster ein weiteres Mal gesehen habe, sei er ihnen gefolgt, und sie seien so lieb zu ihm gewesen, ihn ein Stück auf ihrem Handkarren zu fahren. Um dann erschrocken zu merken, dass sie sich versehentlich zu weit von dem Café entfernt hatten, und sie dachten, dass sie den Jungen nicht mehr ohne Weiteres zurückbringen konnten. Denn sie hatten Leons Vater ja schon vorher erlebt, seine dunkle Seite, und daher hatten sie Angst vor einem weiteren Wutanfall. Sie verstehe das, habe selbst oft Angst vor ihm, davor, dass er die Kontrolle verlieren und schlimme Dinge tun könnte. Dabei sei Stefan nicht mal ihr Mann, sondern nur der Vater ihres Kindes. So seien sie beide, Helin und Uku, rein aus Angst vor Stefan, nicht jedoch aus böser Absicht, mit dem Jungen auf ihrem Handwagen weitergefahren und hätten sich so in einer dummen, bald ausweglos scheinenden Lage befunden. Um sich nicht gleich der schlimmsten Anschuldigung auszusetzen, nämlich den Jungen entführt zu haben, hätten sie sich entschlossen, ihn noch so lange zu verstecken, bis sie eine günstige Gelegenheit fänden, ihn zu ihr und Stefan, seinen Eltern eben, zurückzubringen. Denn dass die kleine Familie in dem maroden Ferienhaus wohnte, das wussten sie ja schon seit dem ersten Tag auf Kiirsi, als sie den Jungen und seine Eltern von der Böschung aus am Strand unten beobachtet hatten. Sie waren vielleicht spazieren gegangen oder, nein, nicht spazieren, sie waren sicher Holz sammeln gewesen, es gab ja so viel schönes trockenes Feuerholz dort oben auf der Hochebene, sie, Tine, habe es selbst gesehen. Doch, sie verstand die beiden nur zu gut. Aber jetzt, bitte, möchte sie ihren Kleinen zurück. Sie sollten ihr doch bitte zeigen oder irgendwie erklären, wo sie ihn finden könne, und Tine, sie verspreche den beiden, dass sie ihnen aus der Sache – einem Missverständnis – keinen Strick drehen, dass sie sie nicht bei der Polizei anzeigen würde, niemals.

Und sie redete sich ein, dass sie das alles ernst meinte, denn sie sagte sich, nur wenn sie sich selbst glaubte, was sie versprach, würde es überzeugend klingen.

Doch die beiden, Helin und Uku, rührten sich nicht vom Fleck, sahen Tine nur stumm an, ihre hellen Augen schimmerten matt im Dunkeln. Da wusste sie, dass sie nichts erreichen würde. Dass es besser war, jetzt zu gehen.

Draußen hatte Stefan gewartet, der Feigling hatte sich nicht getraut, das Haus noch einmal zu betreten, um sich mit dem zu konfrontieren, was er angerichtet hatte: den Anblick zweier verstörter, verängstigter Menschen, die ihnen nun erst recht nicht mehr helfen würden. Vorausgesetzt, sie hatten wirklich ihren Kleinen in der Gewalt. Sie wusste nicht mehr, was sie denken sollte.

Stefan folgte ihr nach, lief dann neben ihr, mit dem Smartphone in der Hand leuchtete sie am Boden, wo es nötig schien. Die grobe Orientierung war nicht schwer. Die Sonne war zwar schon untergegangen, doch das Meer, auf das sie jetzt in gerader Linie zuliefen, reflektierte ihre letzten Strahlen, die den Horizont noch überwanden. Dennoch war der Weg beschwerlich, an den Enden der Buchten auch gefährlich, weil sie die abendfeuchten Kieselbänke und großen glitschigen Steine im silbrigen Dämmerlicht nur schwer erkennen konnten. Tine stürzte zweimal, verstauchte sich leicht den Knöchel und die Handgelenke, doch Schmerz fühlte sie dabei nicht. Stefan, der ihr helfen wollte, sich aufzurichten, stieß sie mit einem Schlag gegen die Brust zurück, so dass er beinahe auch selbst gestürzt wäre.

Als sie »ihre« Bucht erreichten und landeinwärts zurückgingen, schweigend, erschöpft und todtraurig, was Tine anging, blinkten bereits die Sterne über ihnen, und der Viertelmond schimmerte durch die Wipfel der Kiefern oben auf der Böschung. Die letzte Etappe ihres Wegs war bereits vertraut: dünnes, jetzt feuchtes Moos auf Granitstein, kurzes Gras, hartes knisterndes Gestrüpp.

Das Ferienhaus kam als graue Silhouette vor dem Waldrand jenseits der kleinen Straße in Sicht. Sie betraten das Grundstück vom offenen Gelände her auf der Rückseite des Hauses, setzten ihre Schritte vorsichtig auf ihrem Weg durch den nur schwach vom Mond beschienenen Garten, an der »Mönchsglatze« vorbei bis zur hinteren Eingangstür.

Auf der Stufe davor saß Leon.

12

Tine stürzte zu ihm hin, fiel auf die Knie, tastete nach seinem Gesicht, das sie in der Dunkelheit kaum sehen konnte, so zart wie immer die Haut und scheinbar ohne einen Kratzer. »Leon, mein Kleiner.« Sie schirmte ihn vor Stefan ab, der sich ebenfalls vor ihm niedergekniet hatte, und drückte den Jungen an sich, jedoch vorsichtig, in der Furcht, dass er aufschreien könnte, weil man ihm vielleicht wehgetan hatte.

Aber Leon ließ sich ohne Widerstand, ohne Anzeichen von Schmerz oder Unwohlsein von ihr in den Arm nehmen.

»Bärchen!« Stefan ließ sich nicht mehr abdrängen, er umarmte halb Tine, halb den Jungen, nahm ihn ihr ganz aus dem Arm, streichelte sein Gesicht, ließ seine Hand über den kleinen Körper gleiten.

»Er scheint völlig okay«, hauchte er Tine ins Ohr.

Sie nahm den Kleinen wieder an sich und tänzelte mit ihm im Arm ein paar Schritte, während Stefan eilig die Haustür öffnete und drinnen Licht machte.

Tine stand auf einmal in dem durch die offene Tür beleuchteten Rasenrechteck. In dem fahlen Licht musterte sie den Kleinen. Sein feines, zartes Gesicht sah unendlich müde aus, er hatte dunkle Ringe unter den Augen, aber selbst das war im Grunde kein neues, sondern ein altbekanntes Symptom. Nur ausgeprägter, markanter, angesichts der Ereignisse allerdings auch erwartbar. Oder nicht?

Sie drückte den Jungen wieder an sich und fühlte, wie schlaff er an ihrer Schulter hing. Die Müdigkeit, natürlich. Sie legte ihre Hand auf sein Köpfchen, die zarten, dünnen, weichen Haare, die noch nach Milchschorf dufteten.

Stefan kam aus dem Haus, sah sie kurz an und ging durch das hochstehende Gras bis zum Apfelbaum, wo er stehenblieb und zum Waldrand hinüberstarrte wie ein Jagdhund, der das Wild witterte.

Tine erfasste eine neue Unruhe. »Was hast du vor, Stefan?«

Doch er ignorierte sie, stieg über die niedrige Grundstücksmauer aus bemoosten Steinen und ging auf dem Schotterweg langsam auf den Waldrand zu wie auf ein schlafendes Monster.

Auf einmal schien die Stille der Nacht tonnenschwer auf ihr zu lasten. Ihr Körper begann zu zittern, sie machte kehrt und eilte, Leon im Arm, ins Haus. Sie trug ihn ins große Zimmer, wo Stefan bereits Licht gemacht hatte, legte ihn behutsam aufs Bett und streichelte seine samtweichen Wangen. Dann zog sie ihn aus und untersuchte ihn sorgsam am ganzen Körper. Sie atmete erleichtert auf. Das Kind sah äußerlich vollkommen unverletzt aus, weder halb verhungert noch dehydriert.

Der Junge wirkte vollkommen entspannt.

Sie warf ihm ein Lächeln zu und hob mahnend den Zeigefinger. »Schön liegenbleiben, Schatz, ich hol dir nur rasch den Schlafanzug.«

Sie eilte nach nebenan in die kleine Schlafkammer, fischte das Kleidungsstück vom Bett und kehrte zurück ins große Zimmer. Sie setzte sich neben ihn und zog es ihm an, er unterstützte es mit grazilen Bewegungen seiner dünnen Glieder. Sie setzte ihn aufrecht hin, durch den Stoff des Schlafanzugs hindurch fühlte sie seine knochigen Wirbel. Mit der anderen Hand fuhr sie sanft über seine Wange und drehte sein Gesichtchen, so dass sie ihn ansehen konnte. »Mein Schatz, freust dich denn auch, wieder bei der Mama zu sein?«

»Emme.« Kaum mehr als ein Hauch.

»Was ... sagst du, Schätzchen?« Hatte er überhaupt gesprochen? Oder sie es sich nur gewünscht?

Plötzlich polterte Stefan ins Zimmer und legte seine Hand auf den dünnen Oberschenkel des Kleinen, als wolle er Besitz von ihm ergreifen wie von einem Gegenstand.

Tine schaute ihn mit strengem Blick an. »Etwas gesehen draußen?«

»Nichts. Niemanden.« Er vermied ihren Blick, lächelte stattdessen Leon an. »Aber irgendjemand hat Leon vor unserer Haustür abgesetzt. Das steht fest.«

»*Sie* waren es jedenfalls nicht. Sie können den Kleinen nicht zurückgebracht haben. Nicht in der kurzen Zeit.«

»Nein.« Stefan senkte den Kopf.

Er wusste natürlich, von wem sie sprach. Die Scheune, die er beinahe in Brand gesetzt hätte, daran musste sie ihn wohl kaum erinnern. Helin und Uku Lepin hätten unmöglich den Jungen *vor* ihnen zum Ferienhaus zurückbringen können, sie fuhren kein Auto, und der kürzeste Weg zu Fuß führte über den Strand. Den sie selbst entlanggegangen waren.

Stefan klopfte Leon wie in einer Übersprungshandlung mit der Hand auf den Schenkel und warf mit gefletschten Zähnen ein breites Lächeln über ihn. »Freust dich, dass du wieder bei uns bist, Bärchen?«

»Pär.« Der Junge fing leise an zu summen, eine Melodie, die Tine auf befremdliche Weise fröhlich erschien. Die sie bereits einmal gehört zu haben glaubte. »Krobe Pär ... krobe Pär«, fügte der Junge in dem gleichen melodischen Singsang hinzu.

Stefans Gesicht erstarrte. »W-was? Was hast du gesagt, Leon?«

Er beugte sich über den Kleinen, doch Tine schob ihn zur Seite und legte beide Hände um Leons Kopf, während ihr Herz gegen die Rippen hämmerte. »Möchtest du der Mama etwas erzählen?«

Der Junge sah sie ernst an, öffnete die zarten Lippen und hauchte: »Emme.«

»Em-me?«

Leons müder Blick schwenkte zu Stefan hinüber. »Ja issi.«

Sie war unfähig, die Worte zu wiederholen. Starrte nur ungläubig auf Leons Gesicht, der sie und Stefan prüfend zu mustern schien. Als überlegte er, ob die Worte zu ihnen passen könnten.

Stefan schob wieder seine Hand auf den Bauch des Jungen und drückte ihn leicht. »Wie war das, Bärchen? Sag es noch einmal für uns.«

»Krobe Pär.« Der Junge hatte diesmal lauter gesprochen und schob plötzlich lachend nach: »Krims-krams-er!« Er blickte seine Eltern fröhlich an, als hätte er Lob dafür verdient, dass ihm die Worte wieder eingefallen waren.

Stefan warf Tine einen verwirrten Blick zu.

Sie beugte sich tief über ihren Jungen und presste ihm einen Kuss auf die Stirn. Ihr war vollkommen egal, was der Kleine sagte. Sie hatten ihn wieder, er schien gesund, und er *sprach* mit ihnen, was auch immer die Worte bedeuten mochten.

Sie richtete sich auf, zog das Handy aus der Tasche und hielt es Stefan hin.

Er nahm es stirnrunzelnd in die Hand und blickte darauf wie auf einen Gegenstand aus einer anderen Welt.

»Raadik. Wir müssen ihn anrufen.«

Er nickte, wuschelte flüchtig mit der Hand durch Leons Haar und ging mit dem Telefon hinaus. Einen Moment lang hatte Tine die Fantasie, er würde als Nächstes Hanna anrufen.

»Issi«, sagte Leon und deutete, es sah beinahe lässig aus, mit dem kleinen gekrümmten Zeigefinger zur Tür.

Tine streichelte seine Wange.

Leon sah sie mit großen Augen an. »Vana«, sagte er leise. »Vanaema.«

»Vana-ema«, wiederholte sie mechanisch.

Plötzlich stieß er lachend einen Laut aus, der sich ähnlich wie »quer« anhörte. Oder wie das helle Blöken eines jungen Schafs. Er wiederholte den Laut, betonte die Silben, sie verstand ihn jetzt.

»Ko-er? Was meinst du, Schatz?«

Er sah sie herausfordernd an.

Morgen würden sie die Insel verlassen, dachte sie. In aller Frühe.

Nachbemerkung

Idee und Handlung des Romans sind eine freie Bearbeitung meines gleichnamigen, vom Südwestrundfunk produzierten Hörspiels.

Die im Roman zitierten Gedichtzeilen sind dem deutschbaltischen Gedicht »Die Oberpahlsche Freundschaft« von Jacob Johann Malm entnommen, Buchausgabe 1884 in Reval (Internetdatei der Universität Tartu, Estland).

Die den »Kiirsi«-Bewohnern im Roman zugeschriebene Vorstellung (die ich ausdrücklich nicht teile), man könne kleinwüchsige Menschen gleichsam als »Elfen« betrachten, ist inspiriert durch den Titel eines litauischen Dokumentarfilms aus dem Jahr 1996: »Das Leben der Elfen«, Regie: Janina Lapinskaitė. Der Elfenvergleich betrifft jedoch nur den Titel des Kurzfilms (25 Min.), in der berührenden Dokumentation selbst werden drei erwachsene kleinwüchsige Geschwister und ihre Stiefmutter als das dargestellt, was sie sind: Menschen.

Mein Dank gilt zudem der Estnischen Botschaft in Berlin für das offene Ohr zu den feinen mythologischen und sprachlichen Unterschieden von »päkapikud«, »haldjad«, Elfen, Feen, Kobolden, Zwergen. Fehlerhafte Schlüsse, die ich daraus gezogen haben könnte, wären allein mir anzulasten.

Herbert Heinrich Beckmann, Oktober 2021

Mirabilis Verlag 2021
1. Auflage
www.mirabilis-verlag.de

ISBN 978-3-947857-13-5

Druck: OOK-Press Kft. Veszprém